一天搞懂

簡體字

前言

翻開本書第一章前，不妨先讀讀看以下的文章，小試身手。

12 月 23 日，一款名叫"同一天生日"的网络筹款活动在微信朋友圈热转。用户只要在"分贝筹"平台输入生日，就会匹配一名相同生日的贫困儿童，直接通过微信为其捐赠 1 元钱。

不到两天时间，该活动募集到捐款近 300 万元。然而，有细心的网友发现，在该活动的募捐页面上，有的孩子头像照片相同，却以不同名字出现在不同页面，并显示不同的生日。

例如，11 月 24 日出生的"贵碧"和 1 月 3 日出生的"阿碧"是同一人；5 月 5 日出生的"阿豪"与 12 月 26 日出生的"小豪"照片也一模一样。甚至还有一名女童"小丹"，出生日期标记为 2009 年 2 月 29 日，而这一天根本不存在。这种"一人分饰两角""出生日期不存在"的问

题，总计有 6 处。

"孩子的信息是否真实""是否真的贫困户""善款最终进了谁的钱包""募捐主体是否有募捐资质"……随着事件的发酵，一连串质疑声接踵而至。

"当时我的第一感觉是'被骗了'。"家住深圳福田区的潇潇参与"同一天生日"筹款活动。发现活动存在问题后，她既难过又愤怒，马上删除朋友圈的分享。"1 元钱虽然不多，但想到自己的善良被人利用，感觉真不好。"

"同一天生日"由深圳市爱佑未来慈善基金会联合"分贝筹"共同发起。其中，爱佑未来基金会是深圳的一家公募基金会，而"分贝筹"则是北京零分贝科技有限公司与爱佑未来基金会合作推出的微信公号。

面对网友的质疑，爱佑未来基金会在其微博回应，12 月 22 日，"分贝筹"工作人员为了测试效果，将"同一天生日"提前转发到朋友圈，由于粗心大意，未及时进行删除导致外传。"这完全是我们的问题所导致的低级错

误，没有任何理由可以推脱。"

"分贝筹"则回应，该平台上所有的受助学生都来自"国家建档立卡"贫困户家庭。活动所得善款也将进入爱佑未来基金会账户，并统一发放给受助学生，资助标准为义务教育阶段的孩子每人每月 100 元，高中阶段的贫困孩子每人每月 200 元。

到底是慈善还是诈捐？12 月 24 日，深圳市民政局宣布，对"同一天生日"展开调查，并于 12 月 26 日宣布，对活动发起方——爱佑未来慈善基金会进行立案调查。

《慈善法》规定，互联网开展公开募捐，应当在国务院民政部门统一或者指定的慈善信息平台发布募捐信息。不具有公募资格的组织或者个人基于慈善目的，可与具有公募资格的慈善组织合作，由该慈善组织开展募捐并管理募得款物。

"'分贝筹'并没有网络募捐资格。"华南师范大学公共管理学院讲师褚蓥表示，2016 年，民政部指定首批

13 家慈善组织互联网募捐信息平台，但"分贝筹"并不在其中。"'分贝筹'的运营主体是是北京零分贝科技有限公司，既不是民政部指定的互联网募捐平台，也不属于具备公募资质的慈善组织。"

根据《慈善法》，不具有公开募捐资格的组织或者个人进行公开募捐，民政部门可责令退还违法募集财产，并对有关组织或者个人处二万元以上二十万元以下罚款。"如果该活动存在以非法占有为目的的恶意诈骗，主办方还将承担刑事责任。"广东省瀚宇律师事务所徐妍表示。

"如果不涉嫌违法，我们也不会立案。通过前期调查，已初步确定'同一天生日'涉嫌违反慈善法。"深圳市民政局党委委员、深圳市社会组织管理局局长凌冲表示，"同一天生日"是一个网络募捐活动，但"分贝筹"并不是民政部指定的有募捐资格的网络平台。这明显违反慈善法相关规定。"我们将根据最终的调查结果，对相关各方进行处理。"

12 月 28 日，爱佑未来基金会发布最新回应。对筹款

項目存有疑慮的捐贈人，該基金会將安排专门的工作组為其退款。"未退回的剩余善款，承诺在民政部门和当地政府的监督下，全程透明公开，执行好救助项目。"

〈"同一天生日"涉嫌违反慈善法捐款者可申请退款〉
人民网深圳 2017 年 12 月 28 日电　记者王星、夏凡

文中的「筹」、「却」、「导」、「确」、「运」、「执」、「专」等字，你都能立即認得嗎？

倘若你暢行無礙，全文讀來絲毫不感到困難，那麼恭喜你，你的簡體字適讀能力有一定水準，對此，可以選擇更上一層樓，能看之餘還能寫，學會漢語拼音法及兩岸用語上的差異，全面掌握簡體文書的奧妙所在。

倘若你在閱讀中感到「卡卡的」，煩躁，焦慮，靜不下心去辨別文字，甚至於看攏嘸，明知是中文字卻怎麼也讀不懂，也千萬別灰心喪志；本書將一步一步帶領各位讀者搞懂簡體字，透過歸納出的漢字簡化方式，讓學習簡體字變得一點也不困難，研讀後方可運用自如！

　　學習簡體字並非一朝一夕便能習得的功課，要能確實看懂，進而可以書寫，其實比想像中的困難；即使現今陸劇風行全球，人們常看陸劇中的簡體字幕、購買陸劇原作簡體小說、參與對岸論壇影評討論，又或者是在大陸經商或留學的生活經歷，許多人仍說不上完整熟悉簡體字；大部分人在閱讀簡體字方面較無困難，但對於書寫或拼音就舉白旗投降。讀通簡體字，不該是特意去一字一詞背誦，只需記住簡化的幾大重點，便可融會貫通，舉一反三。

　　除此之外，有沒有注意到文中提到的「互聯網」？這個用語，在台灣聽來有些生疏，雖不致看不懂，但乍看之下仍是迷惑。「互聯網」意指連接網路的網路，是大陸的用語，在台灣稱作「網際網路」。兩岸用語的差異可不只出現在這兒，事實上，對岸的「土豆」等同於台灣的「馬鈴薯」、「空的」等同於「空中巴士」、「貓膩」等同於「不可告人的祕密」……族繁不及備載。本書歸結了一百二十個重點詞彙，幫助你在最短時間內認識兩岸詞語。

　　在識讀簡體字之前，首先了解一下，當遇到看不懂的字，你會怎麼做？是馬上翻辭典查詢，或者使用中文簡繁

轉換工具？還是努力從前後文去推敲字義呢？簡體字對你而言，又是什麼樣的存在呢？

台灣與大陸的繁簡之爭，至此沒有消亡過；偶爾會聽到人訕笑簡體字為「殘體字」，甚至提出簡體字「親不見、愛無心」的順口溜，表達漢字簡化後許多字被破壞原有意涵的無奈。一名大陸網友趙皓陽見狀，巧妙的用一段順口溜，化解了「親不見、愛無心」的尷尬。

原先的順口溜：「漢字簡化後，親（亲）不見，愛（爱）無心，產（产）不生，廠（厂）空空，麵（面）無麥，運（运）無車，導（导）無道，兒（儿）無首，飛（飞）單翼，有雲（云）無雨，開關（开关）無門，鄉（乡）里無郎，聖（圣）不能聽也不能說，買（买）成鈎刀下有人頭，輪（轮）成人下有匕首，進（进）不是越來越佳而往井裏走，可魔仍是魔，鬼還是鬼，偷還是偷，騙（骗）還是騙，貪（贪）還是貪，毒還是毒，淫還是淫！」

趙皓陽的還擊順口溜如下：「汉字简化后，党内无黑，团中有才，国含宝玉，爱因友存，美还是美，善还是善，

虽丑无鬼，只不过台无吉，湾无言！穷不躬，权不佳，巩不革。车不行田，坚不称臣。无鹿亦能丽，无巫亦能灵，无水亦能灭，无火亦能劳，无曲亦能礼，无手亦能击。办事左右不辛苦，垦荒何必靠豺狼。」

　　文中的繁簡相辯，一來一往，針鋒相對，讀來確實有意思，各有道理；不置可否地，許多人認為簡體字簡化構成，破壞原有的字義，然而學習語文最該重視的是實用與否，如英文是全球學習者最多的第二外語，就是因應國際貿易上的溝通需求而致，因此，在大陸即將成為全球最大經濟體前，學習簡體字也將成為一種必要。

　　其次，將來會有更多學問或作品是透過簡體字來傳遞，主因是大陸人口居世界首位，其人才濟濟，人才輩出，不管是在科技、人文、醫學、戲劇等領域，發表的第一手成果都會以簡體字撰寫。大陸蓬勃的市場規模，也堅定了市場需求向簡體字靠齊的一面。

　　事實上，由簡體字轉而學習繁體字較難，從繁體字進而學習簡體字相對容易。對嫻熟繁體字的台灣讀者來說，

學習簡體字會是個低投入高報酬的投資。然而，正當全世界都迫不及待學習簡體字時，台灣卻因為獨特的政治情感放棄了學習的優勢，這聽來不是很可惜嗎？

　　為了提升農民及貧戶的識字率，簡體字作為大陸的官方字體，有其歷史沿革在；1956 年，簡體字的確立和推行是重大舉措和轉折點，也正因為簡體字，致使了大陸的識字率能夠急劇上升，現今識字率已超過 95%，接近台灣現在的 98%；而 1949 年，幅員遼闊的大陸識字率遠不及 20%，當時台灣識字率為 80%。某種程度可說，簡體字為大陸掃盲做了極大貢獻，但它是否能意味文化的傳承與進步呢？為了便民學習，犧牲舊有的造字邏輯，真的值得嗎？在文字簡化過程中，原先的字義改變了，許多字句因而無法辨認，這是否仍稱得上傳承漢字傳統文化呢？

　　簡體字影響了傳統漢字的原意是事實，但這是好是壞，就看人如何解讀。海峽兩岸各有其文化與歷史背景，要求哪方改變自小到大使用的文化載體，恐怕雙方都不願意。識繁寫簡、識簡寫繁，全憑自願吧！無庸置

疑地，學習簡體字，肯定對於個人格局的提升是有助益的，現在不妨拋下成見或疑惑，趕緊來一塊兒搞懂簡體字吧。

自序

　　臺北市長柯文哲於二〇一七年七月，率團前往上海參加二〇一七臺北上海城市論壇暨市政參訪活動，與中國大陸國務院臺灣事務辦公室主任張志軍會面。柯文哲表示，兩岸有共同的語言、共同的文字、同文同種，溝通沒有困難，應能更好的溝通。既然溝通沒有困難，彼此努力交流，對兩岸人民都有益處。

　　一九四九年至今，兩岸分治已六十餘載，但從一九八七年解嚴開放三十年來，兩岸文化、經貿往來日趨密切。儘管海峽兩岸同文同語，語言、文字使用上卻有不少差異，各自保有文字和專有名詞。同樣是中文，當普通話碰上國語、簡化字撞上正體字，經常是雞同鴨講、扣槃捫燭，兩岸人民互通往來有著諸多不易。

　　面對此問題，二〇〇九年七月十一日至十二日，湖南長沙舉行的第五屆兩岸經貿文化論壇談到：「兩岸使用的漢字屬於同一系統，客觀認識漢字在兩岸使用的歷史和現狀，求同存異，逐步縮小差異，達成更多共識，使兩岸民

眾在學習和使用方面更為便利。鼓勵兩岸民間合作編纂中華語文工具書。」且「支持兩岸學者就術語和專有名詞規範化、辭典編纂進行合作，推動破音字審音、電腦字庫和詞庫、地名審音定字及正、簡字體轉換軟體等方面的合作。」由此可見：不論是兩岸開放三十年來的頻繁交流，抑或是全球各地興起的「中文熱」，對此，若能協調併列兩岸語言和文字，無疑是便於人民生活、消除兩岸衝突，甚至是為個人競爭力加分的機會。

自二〇一六年新政府執政以來，臺灣經歷第三次的政黨輪替，兩岸關係從停滯轉變為緊張。若要和緩兩岸關係，走向和平發展的正軌，必須異中求同，深化兩岸文化教育的交流合作，於友好、互信中建立進一步的和諧關係。當前兩岸經貿、文化往來更加頻繁，交流更是密切，基於彼此早有更深刻的認識，能消弭過程中各式誤會和間隙。因此，兩岸共創利益之前，首要是確保溝通無礙，積極加強兩岸文化教育交流合作。教會民眾系統性識讀簡體字造字原則，對於推動兩岸關係和平發展極富深遠意義。

市面上簡體繁體字對照書籍，多屬對照用途，民眾只

能土法煉鋼，一字一句背誦認識，未能有系統性的熟悉簡體字。本書由淺入深，帶您從最根本開始，由簡體字的發展與演變，講述到簡體字的寫法與漢語拼音，完整瞭解簡體字六種造字原則。盼能在短程內「識簡用繁」，長程內「繁簡融合，合宜者用」。

　　本書不定位在學術性專業用書，不爭論簡繁孰優孰劣，不探討正體字和簡化字、繁體字和簡體字定義及用法上的差異。於簡體字造字原則，不完全講究文字學方法，本書強調以最簡易清晰、如何在最短時間內潛移默化，教導民眾學會讀寫簡體字為出版主旨。附上簡繁對照，編排清晰，查閱方便，自學、教學兩相宜，讓您迅速準確識讀簡體字，輕鬆學會四百八十二個基本字、十四個簡化偏旁，以及透過造句、釋義及與台灣詞語對照，一日學會一百二十個必懂大陸流行語，全面掌握簡體文書。

　　淵遠流長的中華文化是海峽兩岸的共同財富，是維繫兩岸人民感情的關鍵樞紐。新的政治形勢下，應全面增進兩岸文化教育交流合作，齊心締造雙贏的新時代，將漢字的美好延續及發揚出去。本書適合赴大陸求學或就業者、經常往來臺海兩地的投資及創業者、關心中國大陸人文時

事者。對升學旅遊、探親移民、通訊通商等均有助益。盼
能在時代洪流下，拋磚引玉，為兩岸和諧略盡一份力。

作者謹識於 2017.12

|目錄|

Chapter 3 下篇閱讀

上篇說文

壹　簡體字的發展與演變

　　一九四九年中華人民共和國建政，中華民國轉進台灣後，長達四十年時間，不相往來，兩地政府為爭奪國家主權，一直劍拔弩張，一方要解放台灣、血洗台灣，一方要反攻大陸解救大陸同胞，兩岸互視如寇讎，此一軍事對峙時期，兩岸文化、思想交流自然呈現對抗趨勢，大陸說好的台灣絕對看壞，台灣承繼的中華文化，大陸棄之如敝屣認為阻礙進步。

　　那段歲月，在台灣看大陸簡體書，寫簡體字，一經舉報難免遭治安單位約談調查，不慎即遭來思想有問題的大帽子，反之在大陸亦同，遭受到的衝擊肯定比台灣嚴重。曾幾何時，隨著國際局勢變化，兩岸由熱戰、冷戰、冷和到開放交流，不再老死不相往來，兩岸相互依賴程度急遽昇高。兩岸人民從探親、旅遊、應聘、求學、投資、定居，往來頻繁熱絡，此期間仍有政府間的政治干預，使交流速度有緩急之別，但從趨勢而言，朝著中華文化圈的融合是必走的道路。

　　兩岸雖然號稱同文同種，經過四十年的分治分立，在政治、經濟、社會、文化方面呈現頗大的歧異性。文字的分歧是比較大的差異。開放交流三十年來，官方、學術仍陷於簡體字與繁體字的優劣論戰，少從實用上考量，互相學習。事實上，從大陸市場對外開放，與世界各國文化、經貿往來日趨密切，使用簡體字的人口及地區日益增加這個角度來看，簡體字的識讀也成為一種競爭力指標。為了因應這種情勢發展，有系統的認識簡體字有其必要。

　　識讀大陸簡體字首先必須放棄漢賊不兩立的敵我意識，抱持實用及理論並存，傳統與現代相融的觀點，使繁體字不深，簡體字不難的境界，有助兩岸文化融合。這從漢字的演變可以得到印證。

　　漢字自古以來，即有「正體字」和「異體字」之別。所謂「異體字」即是因應書寫方便予以簡化，有別於官方的正體字而被稱為「異體字」或「俗體字」，這部分文字起源的很早，約在南北朝隋唐時期民間就開始流傳，以草書方式呈現，當時的人們即可認識一個字的兩種或多種寫法。只是在正式場合，如官方文書往返，赴科考試均是使用正體字，這種情形幾千年來一直沿襲並用。

　　事實上，簡體字可說是漢字演變的結果。漢字從甲骨

文、金文演化篆書，再變隸書、楷書，其中隸書是篆書的簡化，草書、行書又是隸書的簡化，其趨勢就是逐漸由繁到簡，便宜使用。而簡體字則是楷書的簡化，楷書在魏晉時出現，「異體字」已見於南北朝，在民間尤其普遍，被稱「俗體字」，諸如寿〔壽〕、尽〔盡〕、敌〔敵〕、继〔繼〕、烛〔燭〕、壮〔壯〕、齐〔齊〕、渊〔淵〕、娄〔婁〕、顾〔顧〕、献〔獻〕、灯〔燈〕、坟〔墳〕、驴〔驢〕等等這些字在這時候就已經開始出現。隨著雕版印刷的發明，魏晉南北朝手寫與碑刻出現的簡體字轉到雕版印刷的書籍上，成為相對於「正體字」的「異體字」字群。

　　清末民初，西風東漸，中國知識分子對於傳統文化再起一股檢討論戰。正體字筆劃較多識讀寫困難，不容易普及，為了推廣教育，掃除文盲，簡化漢字成為新的文化運動。民國肇造乃有漢字簡化之議，並非出自中國共產黨發動。只是漢字簡化運動符合共產黨立新破舊的精神，得以透過政治及行政力量加以推動，使得漢字在二十世紀的中國大陸有了比較大幅度的翻轉。在推動簡化字之際，大陸方面將台灣使用的漢字定位為繁體字，讓台灣有負面的感受，因為「繁」有暗喻為「煩」的意涵。馬英九擔任台北市長時，曾提出為繁體字正名的運動。他說，我們現在使用的中文字，正確的名稱是「正體字」。常有人誤稱正體

字為「繁體字」，是不正確的。因為我們的正體字是沿用數千年來正統的文字，並沒有增加筆劃，怎麼能稱為「繁體字」呢？事實上，「簡體字」和「簡化字」兩者也並不完全相同。兩者雖然都指筆畫減省的字，但「簡體字」古來有之，而大陸現在使用的文字，正確的名稱應該是「簡化字」，因為大陸是在一九五六年推行「漢字簡化方案」時簡化了漢字，所以該稱「簡化字」，而不該稱「簡體字」。類似的爭議迄今不休。

近百年來，學者將漢字簡化運動分為兩個階段：

第一階段（一九〇九年至一九五〇年）

一九〇九年「五四運動」時期，陸費逵在《教育雜誌》創刊號上首先發表《普通教育應當採用俗體字》論文，這是歷史上第一次公開提倡使用簡體字。當時北京政府教育部曾委由吳敬恆等主持「國語統一籌備會」，並委託錢玄同研擬《搜採固有而適用之簡字方案》。一九二二年，錢玄同發表了《減省現行漢字的筆畫案》、《簡省漢字筆畫的提議》等一批論文。當中指出當時的漢字筆畫太多，不適用於學術和教育界，主張把在民間流行的簡體字作為正體字應用於一切正規的書面語。該案提出八種簡化漢字方

法，實際上也成為後來簡化字的依據。

一九三五年六月，錢玄同編成了《簡體字譜》，同年八月教育部門從中選了三百二十四個字，並公佈了《第一批簡體字表》。這是歷史上第一批官方公佈的簡體字。可是，這個方案受到傳統派人士反對，最激烈者為戴傳賢，這個簡化字表於第二年二月被通令收回。此後，抗日戰爭爆發，簡體字運動被迫停頓，在共產黨統治區卻繼續發展。中國共產黨領導的統治區中，其刊物和宣傳品曾經採用和創造了大量簡體字，這些簡體字被稱為「解放字」。加諸其後的國共爭戰使得簡體字被賦予更多政治的聯想及意識型態。這也是共產黨取得政權後，立即著手繼續推行簡體字的原因。

第二階段（一九五〇年迄今）

一九四九年中國共產黨建政以來，積極推動文字的簡化運動。一九五〇年，大陸教育部開始搜集常用簡體字。一九五二年二月五日成立中國文字改革研究委員會。

一九五四年底，文改委在《第一批簡體字表》的基礎上，擬出《漢字簡化方案〔草案〕》，收錄七百九十八個字，簡化偏旁五十六個，並廢除四百個異體字。

一九五五年二月二日，《漢字簡化方案〔草案〕》發表，把其中的二百六十一個字分三批在大陸五十多種報刊上試用。同年七月十三日，大陸國務院成立漢字簡化方案審訂委員會。同年十月，舉行全國文字改革會議，討論通過《漢字簡化方案〔修正草案〕》，收字減少為五百一十五個，簡化偏旁減少為五十四個。

一九五六年一月二十八日，國務院通過《漢字簡化方案》，三十一日《人民日報》正式公佈，在全國推行。到了一九六四年五月，文改會根據這個方案及使用情況，用簡化偏旁類推的方法製編《簡化字總表》。總表共分三表：第一表是三百五十二個不作偏旁用的簡化字，第二表是一百三十二個可作偏旁用的簡化字和十四個簡化偏旁，第三表是經過偏旁類推而成的一千七百五十四個簡體字，共二千二百三十八字（因「簽」、「須」兩字重見，實際為二千二百三十六字）。一九八六年，大陸再一次發表經過個別調整的《簡化字總表》，這總表一直沿用至今。也就是當前大陸的用字標準。

貳　簡體字的寫法與漢語拼音

　　中華人民共和國建政後基於破舊立新的精神，在文字語言方面做了很多工作，最主要的在於漢字簡化與漢字拼音化。漢字簡化的結果使漢字的原有結構遭到很大的破壞，對於慣用正體字的民眾而言，不但看不懂大陸的簡字，書寫自然有更多的困難。

一、簡體字筆順

　　漢字簡化後，筆劃比原來字體明顯簡少，對於習用正體字讀者而言，簡體字呈現出怪異形狀，書寫時有不知如何下筆的困難，也影響到查閱簡體字字典等後續學習行為，熟悉簡體字的筆順規則，這一切可以迎刃而解。

　　筆順規則如下：
　　1. 先橫後豎。例：十（一，十）
　　2. 先撇後捺。例：人（丿，人）

3. 從上到下。例：三（一，二，三）

4. 從左到右。例：胡（古，月）

5. 先中間後兩邊。例：小（亅，小）

6. 右點後補。例：犬（大，丶）

7. 上包先外後裏。例：冈（冂，乂）

8. 先外後裏再封口。例：回（冂，口，一）

9. 下包先裏後外。例：凶（乂，凵）

依照簡體字筆劃查詢單字時，除依筆劃多寡為序外，同一筆劃字再依每字首筆筆法分先後順序，順序為橫（一）、豎（丨）、撇（丿）、點（丶）、折（乙），即可順利查出要尋找的單字。

1、橫（一）包括橫（一）和提（ˊ）。如：「王」、「刁」。

2、豎（丨）包括豎（丨），左豎鉤（亅）和右豎鉤。如：「食」、「衣」、「瓜」、「長」中的右豎鉤。

3、撇（丿）包括由右上斜向左下的筆形。如「彳」、「長」。

4、點（丶）包括點（丶）和（丶）兩種筆形。如「寸」、「人」。

5、折（乙）包括多種曲折的折筆筆形（乙）、（⌐）、（乀）、（凵）等。

如：「艸」、「己」、「几」、「飛」、「山」、「口」、「毛」。

二、漢語拼音

漢語源於先秦時期漢族的一種共同語言，漢代稱之為「通語」，明代稱「官話」，中華民國成立後稱「國語」，一九四九年後大陸稱「普通話」。

為了便於語言文字的溝通及統一，一九三〇年前後，政府頒布「注音符號」為漢字標注聲音，注音符號迄今仍為中華民國台灣地區使用，大陸在共產黨建政後，另頒以拉丁字母為基礎的拼音稱為「漢語拼音」，為便於國際交流台灣另外使用「通用拼音」。

漢語拼音包括二十一個聲母、三十五個韻母、五個音調三部分組成，漢字發音都是由一個聲母（也可以沒有）＋一個韻母＋音調組成。

聲母表

聲母	讀音	聲母	讀音
b	ㄅ玻	j	ㄐ基
p	ㄆ坡	q	ㄑ欺
m	ㄇ摸	x	ㄒ希
f	ㄈ佛	zh	ㄓ知

d	ㄉ得	ch	ㄔ蟲
t	ㄊ特	sh	ㄕ詩
n	ㄋ訥	r	ㄖ日
l	ㄌ勒	z	ㄗ資
g	ㄍ哥	c	ㄘ雌
k	ㄎ科	s	ㄙ思
h	ㄏ喝		

韻母表

	i ㄧ 衣	u ㄨ 烏	ü ㄩ 迂
a ㄚ 啊	ia ㄧㄚ 呀	ua ㄨㄚ 哇	
o ㄛ 喔		uo ㄨㄛ 窩	
e ㄜ 鵝	ie ㄧㄝ 耶		üe ㄩㄝ 約
ai ㄞ 哀		uai ㄨㄞ 歪	
ei ㄟ 欸		uei ㄨㄟ 威	
ao ㄠ 熬	iao ㄧㄠ 腰		

ou ㄡ	歐	iou ㄧㄡ	憂				
an ㄢ	安	ian ㄧㄢ	煙	uan ㄨㄢ	彎	üan ㄩㄢ	冤
en ㄣ	恩	in ㄧㄣ	因	uen ㄨㄣ	溫	üan ㄩㄣ	暈
ang ㄤ	昂	iang ㄧㄤ	央	uang ㄨㄤ	汪		
eng ㄥ	亨的韻母	ing ㄧㄥ	英	ueng ㄨㄥ	翁		
ong ㄨㄥ	轟的韻母	iong ㄩㄥ	雍				

聲調符號

音調	陰平	陽平	上聲	去聲
符號	‒	ˊ	ˇ	ˋ

註：聲調符號標在音節的主要母音上，輕聲不標。

參　輕鬆學習簡體字

　　識讀多少大陸簡體字方可搞懂簡體字的閱讀世界呢？目前大陸規定常用字為二千五百字，次常用字是一千字，合為三千五百字，加上各行各業使用的專業詞彙，《通用字表》中共有七千字，也就是說掌握了七千字就能閱讀所有專業的普通書籍。對於這個數目，不少人對學習大陸簡體字紛紛打起退堂鼓。這個數量對於慣用正體字的學習者而言，簡體字的學習也非易事。國立臺灣師範大學國文系教授李鍌即曾說，簡化方法雜亂無章，既無條理，又無定則，所以學習並不容易；而且筆畫越簡，字型的區別越小，辨識也就越難，再加上「一對多」的同音取代，更顯混亂。不見得好學，使用起來也會有困難。對於學有專精的學者尚且如此，遑論一般學習者。

　　儘管如此，筆者仍然希望研究出學習的巧門。以最簡單的方法及最少的時間能夠搞懂簡體字。大陸常用及次常用字雖然多達三千五百字，通用字表更高達七千字。但筆者認為《簡化字總表》是大陸簡體字的源頭，只要搞懂

《簡化字總表》（一九八六年版）二千二百三十五字即可掌握大部分簡體字的閱讀。而二千二百三十五字中，有一千七百五十三個字（第三表）係由第二表一百三十二個可作偏旁用的簡體字和十四個簡化偏旁類推而成的。第一、第二表可說是大陸簡體字的基礎，易言之，只要界定第一表不可作偏旁使用的三百五十個簡體字及第二表一百三十二個可作偏旁用的簡體字和十四個簡化偏旁的原則及方法，熟悉這兩個表的字體，則幾乎所有的簡體字都可迎刃而解，發揮最高的閱讀功能。

那麼面對雜亂無章，既無條理，又無定則的這些簡體字該用何種方法學習可以達到最大的學習效果。

事實上，大陸在進行漢字簡化時，也非完全亂整無章，雖有改的面目全非，莫名其妙，不知所以的字，但大致採用錢玄同在一九二二年提出的方法為基礎的，共有八項簡化原則如下：

一、假借字，採用一個同音或者近音的字代替。其中有些是採用了更古的漢字，例如：「丰」與「豐」；「腊」與「臘」；「后」與「後」；「里」與「裏」；「面」與「麵」。

二、形聲字，借用形聲字的原理，將原有的形聲字改換簡單的形旁或聲旁。如「运」與「運」；「远」與「遠」；「护」與「護」等。

三、草書楷化，將草書的寫法轉成楷體，如「专」和「專」；「孙」與「孫」等。

四、特徵字，僅保留原字特徵的部份，如「医」與「醫」；「声」與「聲」；「广」與「廣」等。

五、輪廓字，保留原字的輪廓，如「鸟」和「鳥」；「龟」與「龜」；「爱」與「愛」等。

六、會意字，借用會意字的造字原理，用較簡單的表意部件來代替原來的複雜筆劃。如「泪」和「淚」；「尘」與「塵」。

七、符號字，將原來字中筆畫較繁複的部分變成簡單符號，例如「鸡」与「雞」；「邓」與「鄧」；「观」與「觀」等。

八、偏旁類推字，從簡化的偏旁部首類推出由它們合成的簡化字，如「讠」與「言」，「钅」與「金」。

然而，上述原則仍然籠統，而且無法包含實際的漢字簡化方法。因此，大陸在制訂簡體字的過程中，採用了以下的方法：

一、以簡單符號替換原來的偏旁。

如：对（對）、邓（鄧）、观（觀）、欢（歡）、叹（嘆、歎）、难（難）、鸡（雞）、聂（聶）、凤（鳳）、冈（岡）、风（風）。

二、省去字形的一部分。

如：广（廣）、厂（廠）、夸（誇）、灭（滅）、习（習）、宁（寧）、亿（佇）。

三、省去字形的一部分後，再加以變形。

如：妇（婦）、丽（麗）、归（歸）、显（顯）、务（務）、宽（寬）。

四、採用繁體字的輪廓特徵。

如：飞（飛）、龟（龜）、齿（齒）、夺（奪）、门（門）。

五、行、草書楷化。

如：书（書）、长（長）、乐（樂）、车（車）、头（頭）、兴（興）、发（發）。

六、同音或近音代替。

如：谷（穀）、丑（醜）、苹（蘋）、松（鬆）、只（隻）、干（乾、幹、榦）、发（髮）。

七、已淘汰的通假字固定化。

如：余（餘）、后（後）。

八、新造會意字。

如：体（體）、众（眾）。

九、古字。

如：众（淚）、从（從）、云（雲）、网（網）、与

（與）、杰（傑）、无（無）、异（異）。

十、罕用異體字。
如：灶（竈）、肤（膚）。

十一、採用筆畫較少的古字，再加以變形。
如：异（異）。

十二、俗體字。
如：猫（貓）、猪（豬）、来（來）。

十三、異體字。
如：侄（姪）。

十四、改換形聲字的聲旁。
如：毙（斃）、蜡（蠟）、钟（鐘）、舰（艦）、邻
（鄰）、苹（蘋）。

十五、新造形聲字。
例：护（護）、惊（驚）、艺（藝）、响（響）。

十六、用聲旁替換字的一部分。餘下的部分未必是形聲字裏的形旁。

如：华（華）、宪（憲）。

十七、偏旁類推字。

使用簡化的偏旁重新構造，如：

页（頁）：颜（顏）、颌（頜）、顺（順）、额（額）。

专（專）：传（傳）、转（轉）、砖（磚）。

学（學）：觉（覺）、黉（黌）。

择（擇）：译（譯）、泽（澤）、择（擇）、驿（驛）。

事實上，偏旁類推並不一致，如：

簡字「又」部代替多種繁字偏旁：

1、难（難）、汉（漢）、叹（嘆、歎）、滩（灘）、瘫（癱）、摊（攤）。

2、欢（歡）、劝（勸）、观（觀）、权（權）。然而「灌」、「罐」則不簡化。

3、仅（僅）；鸡（雞）；邓（鄧）；对（對）；戏（戲）；圣（聖）。

4、树（樹）。然而「廚」則簡作「厨」，「澍」、「彭」、「鼓」則不簡化。

繁字「盧」部則呈現兩種簡字偏旁：
1、卢（盧）、鸬（鸕）、颅（顱）、鲈（鱸）。
2、炉（爐）、驴（驢）、芦（蘆）。

繁字「昜」部規則類推如1外，另有不同簡化，如阳（陽）；伤（傷）；荡（盪）。
1、汤（湯）、杨（楊）、场（場）、殇（殤）、炀（煬）。

繁字「門」部的簡字類推及例外如下：
门（門）、闷（悶）、问（問）、闻（聞），但开（開）、关（關）則為例外；闹（鬧）、阅（閱）雖然從「門」部，然而「鬥」則簡作「斗」。

繁字「與」部的簡字類推及例外如下：
与（與）、屿（嶼）、欤（歟），但誉（譽）、举（舉、擧）則作「兴」簡化，然而「兴」是「興」的簡體。

近年來，香港科技大學語言中心和教學促進中心為了方便港人學習簡體字也共同研發了一套自學教材。該教材將簡體字歸納為六個簡化原則：

一、輪廓減化。取一個字的大輪廓而省掉內部輪廓的筆劃。包含錢玄同原則（四）特徵字。（五）輪廓字及實際簡化原則的（二）省去字形的一部分。（三）省去字形的一部分後，再加以變形。（四）採用繁體字的輪廓特徵。

二、符號代替。用筆劃簡單的符號來取代筆劃較多的字。包含錢玄同原則（七）符號字及實際簡化原則（一）以簡單符號替換原來的偏旁。

三、會意造字復古使用。採用古時造字的會意原則創造筆劃較少的字。恢復古代筆劃少的簡字用法。包含錢玄同原則（三）草書楷化。（六）會意字及實際簡化原則的（五）行、草書楷化。（七）已淘汰的通假字固定化。（八）新造會意字。（九）古字。（十）罕用異體字。（十一）採用筆畫較少的古字，再加以變形。

（十二）俗體字。（十三）異體字。

四、同音代替。以漢字中筆劃較少的同音字取代筆劃較多的字，甚且出現以一個同音或近似音取代多個字，形成一音多字的現象如干（乾）可分別用在干預、干燥、干部。包含錢玄同原則（一）假借字及實際簡化原則的（六）同音或近音代替。

五、形聲字聲旁改變。包含錢玄同原則（二）形聲字及實際簡化原則（十四）改換形聲字的聲旁。（十五）新造形聲字。（十六）用聲旁替換字的一部分，餘下的部分未必是形聲字裏的形旁。

六、偏旁類推。將一個字偏旁減化，其它有相同偏旁字即可類推。包含錢玄同原則（八）偏旁類推及實際簡化原則（十七）偏旁類推字。

筆者依錢玄同及香港科技大學語言中心和教學促進中心簡化原則將四百八十二個基本字歸納出草書楷化、同音替代、裁減半邊、創意造字、以形化簡、約定成俗。

供讀者學習參考，依此方法確可在最短時間內習會簡體字。根據上述原則進行分類及學習，簡體字絕不難學。

其中，偏旁類推部分除將可做為偏旁使用字及偏旁部分在上述六類中各別分類外，另有十四個簡化偏旁，讠〔言〕、饣〔食〕、昜〔易〕、纟〔系〕、収〔臤〕、芇〔𤇾〕、𫌨〔臨〕、只〔戠〕、钅〔金〕、睪〔睪〕、圣〔巠〕、亦〔䜌〕、咼〔咼〕、𭕄〔與〕，因易學易懂不再做分類。

檢視百年來漢字的變革，或許可以發現繁簡之間系出同源，對於漢字的簡化並無太多歧異。問題只在大陸簡化過程將不少文字過於簡化，不合於漢字造字邏輯，被視為離經叛道，未來兩岸如能有一合作機制對漢字進行整理，使其更合乎形音義造字原則，不為簡化而簡化，並使千年來間使用頻繁的俗體字或異體字能納入正體字之列，兩岸方可真正達到書同文的目標。

▌中篇解字▌

壹　草書楷化

　　草書楷化係指簡體字由草書的寫法轉成楷體。本章分簡繁對照速覽及逐字識讀兩節，又分別依不作簡化偏旁用及可作簡化偏旁用分類：

一、簡繁對照速覽

1、不作簡化偏旁用的簡化字

B
报〔報〕

C
称〔稱〕

D
堕〔墮〕

F
坟〔墳〕

G
盖〔蓋〕

J
继〔繼〕
硷〔鹼〕

Q
签〔籤〕
寝〔寢〕

R
热〔熱〕

S
丧〔喪〕
势〔勢〕
书〔書〕
帅〔帥〕
随〔隨〕

T
图〔圖〕
椭〔橢〕

X
亵〔褻〕

Y
誉〔譽〕

Z
妆〔妝〕
装〔裝〕
壮〔壯〕
状〔狀〕

2、可作簡化偏旁用的簡化字

B	L	W
贝〔貝〕	来〔來〕	万〔萬〕
C	乐〔樂〕	为〔為〕
仓〔倉〕	娄〔婁〕	韦〔韋〕
长〔長〕	仑〔侖〕	乌〔烏〕
车〔車〕	**M**	无〔無〕
D	马〔馬〕	**X**
带〔帶〕	买〔買〕	献〔獻〕
东〔東〕	卖〔賣〕	**Y**
断〔斷〕	门〔門〕	亚〔亞〕
E	**N**	尧〔堯〕
尔〔爾〕	鸟〔鳥〕	页〔頁〕
F	农〔農〕	隐〔隱〕
发〔發、髮〕	**Q**	鱼〔魚〕
J	金〔僉〕	与〔與〕
监〔監〕	**S**	云〔雲〕
戋〔戔〕	时〔時〕	**Z**
见〔見〕	师〔師〕	执〔執〕
举〔舉〕	寿〔壽〕	质〔質〕
	孙〔孫〕	专〔專〕

二、逐字識讀

1、不作簡化偏旁用的簡化字釋義

------------------ **B** ------------------

报〔報〕ㄅㄠˋ　bào　酬答、回應。如：「報答」。

------------------ **C** ------------------

称〔稱〕ㄔㄥ　chēng　名號曰稱。如：「稱呼」。

------------------ **D** ------------------

堕〔墮〕ㄉㄨㄛˋ　duò　向下墜落。如：「墮地」。

------------------ **F** ------------------

坟〔墳〕ㄈㄣˊ　fén　墓。

G

盖 〔蓋〕ㄍㄞˋ　gài　有遮掩、被覆作用的器皿。

J

继 〔繼〕ㄐㄧˋ　jì　接續、接連。

碱 〔鹼〕ㄐㄧㄢˇ　jiǎn　一種化學物質。

Q

签 〔籤〕ㄑㄧㄢ　qiān　寫有文字的竹片、紙片，今用於求神問斷，以示禍福。如：「籤詩」。

寝 〔寢〕ㄑㄧㄣˇ　qǐn　睡覺。

R

热 〔熱〕ㄖㄜˋ　rè　溫度高的。

丧 〔喪〕ㄙㄤ　sāng　人死。

势 〔勢〕ㄕˋ　shì　動作的狀態。

书 〔書〕ㄕㄨ　shū　成冊的著作。另指信或文件。

帅 〔帥〕ㄕㄨㄞˋ　shuài　領兵的主將。或英俊瀟灑。

随 〔隨〕ㄙㄨㄟˊ　suí　跟從、順從。

图 〔圖〕ㄊㄨˊ　tú　用繪畫表現的形象。

椭 〔橢〕ㄊㄨㄛˇ　tuǒ　長圓形。

褻 〔褻〕ㄒㄧㄝˋ　xiè　無禮。

譽 〔譽〕ㄩˋ　yù　美好的名聲。

妝 〔妝〕ㄓㄨㄤ　zhuāng　修飾容貌。

裝 〔裝〕ㄓㄨㄤ　zhuāng　衣物。

壯 〔壯〕ㄓㄨㄤˋ　zhuàng　強健。

狀 〔狀〕ㄓㄨㄤˋ　zhuàng　形態、樣子。

2、可作簡化偏旁用的簡化字釋義

⋯⋯⋯⋯⋯⋯ **B** ⋯⋯⋯⋯⋯⋯

貝 〔貝〕ㄅㄟˋ　bèi　生長於水中，有甲殼的軟體動物。

⋯⋯⋯⋯⋯⋯ **C** ⋯⋯⋯⋯⋯⋯

仓 〔倉〕ㄘㄤ　cāng　儲藏穀糧、貨品的建築物。
如：「穀倉」。

长 〔長〕ㄔㄤˊ　cháng　兩點之間的距離。

车 〔車〕ㄔㄜ　chē　陸上靠輪子轉動行走的交通工具。

⋯⋯⋯⋯⋯⋯ **D** ⋯⋯⋯⋯⋯⋯

带 〔帶〕ㄉㄞˋ　dài　泛指長條形的物體。

东 〔東〕ㄉㄨㄥ dōng 方位名。

断 〔斷〕ㄉㄨㄢ duàn 分開、隔絕。如:「砍斷」。

⋯⋯⋯⋯⋯⋯⋯⋯ **E** ⋯⋯⋯⋯⋯⋯⋯⋯

尔 〔爾〕ㄦ ěr 你、你們。

⋯⋯⋯⋯⋯⋯⋯⋯ **F** ⋯⋯⋯⋯⋯⋯⋯⋯

发 〔發、髮〕ㄈㄚ fā 送出、付出。
ㄈㄚ 人類頭上所長的毛。

⋯⋯⋯⋯⋯⋯⋯⋯ **J** ⋯⋯⋯⋯⋯⋯⋯⋯

监 〔監〕ㄐㄧㄢ jiān 察看、督察。

戋 〔戔〕ㄐㄧㄢ jiān 形容極少。

051

见 〔見〕ㄐㄧㄢ jiān 看到。

举 〔舉〕ㄐㄩ jǔ 往上托。

来 〔來〕ㄌㄞ lái 與「去」相反。

乐 〔樂〕ㄌㄜ lè 喜悅。悅有節奏而和諧動人的聲音。如：「音樂」。

娄 〔婁〕ㄌㄡ lóu 姓氏之一。

仑 〔侖〕ㄌㄨㄣ lún 依序推理的意思。

马 〔馬〕ㄇㄚ mǎ 動物名。

买 〔買〕ㄇㄞˇ　mǎi　以金錢換取物品。

卖 〔賣〕ㄇㄞˋ　mài　出售。

门 〔門〕ㄇㄣˊ　mén　建築物或車、船等的出入口。

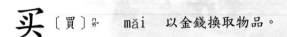

乌 〔鳥〕ㄋㄧㄠˇ　niǎo　長尾飛禽的總稱。

农 〔農〕ㄋㄨㄥˊ　nóng　耕種事業。

佥 〔僉〕ㄑㄧㄢ　qiān　一律曰僉。

师 〔師〕ㄕ　shī　教導、傳授學問或技藝的人。

时 〔時〕ㄕ　shí　一定的時間。

寿 〔壽〕ㄕㄡˋ　shòu　生命久暫曰壽。

孙 〔孫〕ㄙㄨㄣ　sūn　兒女的兒女。

万 〔萬〕ㄨㄢˋ　wàn　極多的。

为 〔為〕ㄨㄟˊ　wéi　做。

韦 〔韋〕ㄨㄟˊ　wéi　姓氏之一。

乌 〔烏〕ㄨ　　wū　鳴禽類。

无 〔無〕ㄨˊ　　wú　沒有。

X

献 〔獻〕ㄒㄧㄢˋ　xiàn　奉上、奉進。

Y

亚 〔亞〕ㄧㄚˋ　yà　第二的、次一等的。

尧 〔堯〕ㄧㄠˊ　yáo　中國古代帝王陶唐氏的名字。

页 〔頁〕ㄧㄝˋ　yè　書紙一張。

隐 〔隱〕ㄧㄣˇ yǐn 藏匿。

鱼 〔魚〕ㄩˊ yú 水中的一種脊椎動物。

与 〔與〕ㄩˇ yǔ 和、同、跟。

云 〔雲〕ㄩㄣˊ yún 懸浮於天上的團狀物體。

执 〔執〕ㄓˊ zhí 握、持。

质 〔質〕ㄓˊ zhí 人事物的根本、特性。

专 〔專〕ㄓㄨㄢ zhuān 單一、集中心力。

貳　同音替代

　　同音替代指得是以漢字中筆劃較少的同音字取代筆劃較多的字。因此也出現以一個同音或近似音取代多個字的情形，形成一音多字的現象，這是大陸簡體字最為人詬病之處，如干（乾）可分別用在干預、干燥、干部。本章仍分簡繁對照速覽及逐字識讀兩節，又分別依不作簡化偏旁用及可作簡化偏旁用分類。

一、簡繁對照速覽

1、不作簡化偏旁用的簡化字

B	D	H
板〔闆〕	淀〔澱〕	合〔閤〕
表〔錶〕	冬〔鼕〕	后〔後〕
別〔彆〕	斗〔鬥〕	胡〔鬍〕
卜〔蔔〕	**F**	划〔劃〕
C	范〔範〕	回〔迴〕
才〔纔〕	**G**	伙〔夥〕
冲〔衝〕	干〔乾、幹〕	**J**
丑〔醜〕	谷〔穀〕	家〔傢〕
出〔齣〕	刮〔颳〕	姜〔薑〕

借〔藉〕
卷〔捲〕

K

克〔剋〕

L

累〔纍〕
里〔裏〕
帘〔簾〕
了〔瞭〕

M

霉〔黴〕
蒙〔矇、濛、懞〕
面〔麵〕
蔑〔衊〕

P

辟〔闢〕
苹〔蘋〕
凭〔憑〕
扑〔撲〕
仆〔僕〕
朴〔樸〕

Q

千〔韆〕
琼〔瓊〕
秋〔鞦〕
曲〔麴〕
确〔確〕

S

洒〔灑〕
舍〔捨〕
沈〔瀋〕
松〔鬆〕

T

台〔臺、檯、颱〕
涂〔塗〕

X

系〔係、繫〕
咸〔鹹〕
向〔嚮〕
衅〔釁〕
须〔鬚〕
旋〔鏇〕

Y

踊〔踴〕
余〔餘〕
御〔禦〕
吁〔籲〕
郁〔鬱〕
愿〔願〕

Z

折〔摺〕
征〔徵〕
症〔癥〕
只〔隻、祇〕
致〔緻〕
制〔製〕
朱〔硃〕
筑〔築〕
准〔準〕

2、可作簡化偏旁用的簡化字

F

丰〔豐〕

J

几〔幾〕
荐〔薦〕

二、逐字識讀

1、不作簡化偏旁用的簡化字釋義

·· B ··

板　〔闆〕ㄅㄢˇ　bǎn　板為木片，老闆稱商店的主人。

表　〔錶〕ㄅㄧㄠˇ　biǎo　外在現象叫表。錶為可隨身攜帶的小型計時器。

別　〔彆〕ㄅㄧㄝˋ　biè　分離、離開為別。心情不順曰彆。

卜　〔蔔〕ㄅㄛ˙　bo　卜為預測吉凶之術。蘿蔔，二年生草本植物。

·· ··

才　〔纔〕ㄘㄞˊ　cái　方始之意。

沖　〔衝〕ㄔㄨㄥ　chōng　以水注入為沖，快速向前直進為衝。

丑 〔醜〕ㄔㄡˇ　chǒu　丑為地支名，醜是長得不好看。

出 〔齣〕ㄔㄨ　chū　出是指動作，齣為戲劇演出單位。

D

淀 〔澱〕ㄉㄧㄢˋ　diàn　淺湖曰淀，沉積為澱。

冬 〔鼕〕ㄉㄨㄥ　dōng　鼕為鼓聲。冬是一年第四季。

斗 〔鬥〕ㄉㄡˋ　dòu　相抗爭。

F

范 〔範〕ㄈㄢˋ　fàn　范為姓氏，範為標準的、可效法的，如「範例」。

061

干 〔乾、幹〕 《ㄢ　gān　乾指枯竭，沒有水分的。
　　　　　　　　　　　　《ㄢˋ主要的。如：「幹部」。

谷 〔穀〕《ㄨˇ　gǔ　穀為糧食作物的總稱。

刮 〔颳〕《ㄨㄚ　guā　風吹起。

合 〔闔〕ㄏㄜˊ　hé　總、全部。如：「闔府」。

后 〔後〕ㄏㄡˋ　hòu　時間與空間的次序。

胡 〔鬍〕ㄏㄨˊ　hú　胡為古時候北方民族的通稱。臉頰上
　　　　　　　　　　　所生的鬚毛為鬍。或稱為「鬍子」。

划 〔劃〕ㄏㄨㄚˊ　huá　划為用槳潑水使船行進。劃則為設
　　　　　　　　　　　計。

回　〔迴〕ㄏㄨㄟˊ　huí　掉轉、返回。如：「迴流」、「迴轉」。

伙　〔夥〕ㄏㄨㄛˇ　huǒ　同伴、一起工作或同組織的人。

J

家　〔傢〕ㄐㄧㄚ　jiā　家指家庭、住宅。傢指一切日用的器具或武器。

姜　〔薑〕ㄐㄧㄤ　jiāng　姜為姓氏之一。薑為多年生草本植物。可作蔬菜、調味料。

借　〔藉〕ㄐㄧㄝˋ　jiè　借為借用。藉有依賴之意。

卷　〔捲〕ㄐㄩㄢˇ　juǎn　將物體旋轉彎曲成圓筒狀。

K

克　〔剋〕ㄎㄜˋ　kè　勝、對抗。如：「克服」、「相剋」。

累 〔纍〕ㄌㄟˇ lěi 兩字皆有累積之義。

里 〔裏〕ㄌㄧˇ lǐ 里為長度單位，裡為裡面。

帘 〔簾〕ㄌㄧㄢˊ lián 用竹布等編製成遮蔽門窗的用具。

了 〔瞭〕ㄌㄧㄠˇ liǎo 明白、清楚。

霉 〔黴〕ㄇㄟˊ méi 霉與黴同音義，皆指物品受潮生菌。

蒙 〔矇濛懞〕ㄇㄥˊ méng 一音代三字，矇為視不佳。濛為細雨。懞為忠厚老實貌。蒙為承受遭遇之義。

面 〔麵〕ㄇㄧㄢˋ miàn 面如面孔，麵為麥磨成的粉。

蔑〔蠛〕ㄇㄧㄝ˙　miè　蔑與蠛同音同義。

P

辟〔闢〕ㄆㄧ　pì　辟為除法。闢為開墾、開發。

苹〔蘋〕ㄆㄧㄥ　ping　兩字音義相通。蘋果為落葉喬木。

凭〔憑〕ㄆㄧㄥ　ping　兩字同音義，有依靠、依賴之義。

扑〔撲〕ㄆㄨ　pū　猛力向前衝。兩字同音義。

仆〔僕〕ㄆㄨ　pú　仆有跌倒伏地之義。僕為受僱做雜事的人。

朴〔樸〕ㄆㄨ　pú　實在、不浮華的。兩字同音義。

Q

千 〔韆〕ㄑㄧㄢ qiān 千為數目名。韆為鞦韆。

琼 〔瓊〕ㄑㄩㄥ qióng 美玉。兩字同音義。

秋 〔鞦〕ㄑㄧㄡ qiū 第三季曰秋，鞦則為鞦韆。

曲 〔麴〕ㄑㄩ qū 不直叫曲，麴是釀酒的發酵母菌。

确 〔確〕ㄑㄩㄝ què 确為堅硬的石。確為實在、真實。

S

洒 〔灑〕ㄙㄚ sǎ 把水或液體散放出去。兩字同音義。

舍 〔捨〕ㄕㄜ shě 放下、放棄。兩字同音義。舍發攝音另可做房屋解。

沈 〔瀋〕ㄕㄣˇ shěn　瀋為瀋陽之簡稱，沈為姓氏，以沈代瀋係同音代替。

松 〔鬆〕ㄙㄨㄥ sōng　鬆為不緊密。松為常綠喬木。

T

台 〔臺‧檯‧颱〕ㄊㄞˊ tái　高出地面的平坦地方為臺。用途像桌子的器物為檯。颱則為強風。

涂 〔塗〕ㄊㄨˊ tú　涂為姓氏之一。塗為不經意的書寫、圖畫。

X

系 〔係、繫〕ㄒㄧˋ xì　連接。互有關聯則稱關係。

咸 〔鹹〕ㄒㄧㄢˊ xián　鹹表味道。咸為全部。兩字義並不相同，純為同音代替。

向 〔嚮〕ㄒㄧㄤˋ xiàng　向為目標方向；嚮有引導之意。

衅 〔釁〕ㄒㄧㄣˋ　xìn　引發爭端。

须 〔鬚〕ㄒㄩ　xū　鬚為長在嘴邊或下巴的毛。須是必定的意思。

旋 〔鏇〕ㄒㄩㄢˋ　xuàn　轉圈的動。如旋風。

踊 〔踴〕ㄩㄥˇ　yǒng　跳躍。兩字同音義。

余 〔餘〕ㄩˊ　yú　余為姓氏之一。餘為有所剩、多出來的。

御 〔禦〕ㄩˋ　yù　御為從前對帝王的尊稱。禦為抵擋、阻止。

吁 〔籲〕ㄩˋ　yù　呼喊、請求。兩字同音義。

郁 〔鬱〕ㄩˋ　yù　郁為香氣濃厚。愁悶、不快樂為憂。

愿　〔願〕ㄩㄢ　yuàn　愿為忠厚誠實。願為志向、期望。

折　〔摺〕ㄓㄜ　zhé　斷裂曰折。摺為折疊。

征　〔徵〕ㄓㄥ　zhēng　遠行為征。召集、收取為徵。

症　〔癥〕ㄓㄥ　zhēng　病因所在曰癥。病之通稱曰症。

只　〔隻、祇〕ㄓ　zhī　單獨、一個。

致　〔緻〕ㄓ　zhì　給與曰致。精細、細密。如精緻。

制　〔製〕ㄓ　zhì　制為一定的規矩。造、作為製作。

朱　〔硃〕ㄓㄨ　zhū　朱為深紅色。硃是一種礦物。

筑 〔築〕ㄓㄨˋ　zhù　筑為古樂器。築有建造之義。

准 〔準〕ㄓㄨㄣˇ　zhǔn　准為許可。準本指量水平的器具，引申為法度。

2、可作簡化偏旁用的簡化字釋義

丰 〔豐〕ㄈㄥ　fēng　很充足。兩字同音義。

几 〔幾〕ㄐㄧ　jī　小的桌子曰几。不確定的數目曰幾。

荐 〔薦〕ㄐㄧㄢˋ　jiàn　介紹、推舉。

參　裁減半邊

　　在大陸進行漢字簡化工程時，有一大類文字以刪減半邊字達到減化的目的，本書將此歸納為一類，便於記憶。本章仍分簡繁對照速覽及逐字識讀兩節又分別依不作簡化偏旁用及可作簡化偏旁用分類。

一、簡繁對照速覽

1、不作簡化偏旁用的簡化字

D		M	
余〔餘〕		亩〔畝〕	
G		Q	
巩〔鞏〕		启〔啓〕	
J		S	
竞〔競〕		兽〔獸〕	
K		虽〔雖〕	
夸〔誇〕		T	
亏〔虧〕		誉〔譽〕	
困〔睏〕		巢〔鱢〕	
L		W	
类〔類〕		务〔務〕	
隶〔隸〕		X	
		显〔顯〕	

2、可作簡化偏旁用的簡化字

K		Q
壳〔殼〕		亲〔親〕
L		S
离〔離〕		杀〔殺〕
丽〔麗〕		T
录〔錄〕		条〔條〕

二、逐字識讀

1、不作簡化偏旁用的簡化字釋義

余〔糴〕 ㄉㄧˊ　di　買進糧食，如糴米。

巩〔鞏〕 ㄍㄨㄥˇ　gǒng　堅固。

J

竞〔競〕 ㄐㄧㄥˋ　jing　比賽。

K

夸 〔誇〕ㄎㄨㄚ kuā 虛張的說大話。如:「誇大」、「誇口」。

亏 〔虧〕ㄎㄨㄟ kuī 缺損、減少。如:「虧損」、「虧本」。

困 〔睏〕ㄎㄨㄣˋ kùn 疲倦而想睡的。

L

类 〔類〕ㄌㄟˋ lèi 由相同或相似的人、事、物綜合。

隶 〔隸〕ㄌㄧˋ lì 附屬。

M

亩 〔畝〕ㄇㄨˇ mǔ 計算田地的單位名數,六千方尺為一畝。

Q

启 〔啓〕ㄑㄧˇ　qǐ　打開。開導。

S

兽 〔獸〕ㄕㄡˋ　shòu　四足、全身有毛的脊椎動物的總稱。

虽 〔雖〕ㄙㄨㄟ　suī　雖然，連接詞，表示語義進展的方向將有所改變。

T

誊 〔謄〕ㄊㄥˊ　téng　抄寫繕寫都叫謄。

粜 〔糶〕ㄊㄧㄠˋ　tiào　把糧食賣出去。

W

务 〔務〕ㄨˋ　wù　事情。如：「事務」。

X

顯 〔顯〕ㄒㄧㄢˇ　xiǎn　清楚、表露。如：「明顯」。

2、可作簡化偏旁用的簡化字釋義

K

壳 〔殼〕ㄎㄜˊ　ké　物體外部的堅硬組織。如：「蛋殼」。

L

离 〔離〕ㄌㄧˊ　lí　由合而分。如：「分離」。

丽 〔麗〕ㄌㄧˋ　lì　美好、華美。

录 〔錄〕ㄌㄨˋ　lù　記載、抄寫。

亲 〔親〕ㄑㄧㄣ qīn　血緣或因婚姻而建立的關係。如:「親人」。

杀 〔殺〕ㄕㄚ shā　以器械使人或物致傷或死亡。如:「殺人」。

條 〔條〕ㄊㄧㄠ tiáo　樹的小枝。如:「柳條」。

肆　創意造字

在大陸簡體字中，採用不少古時造字的會意原則以音、以義創造筆劃較少的字，同時也恢復一些古代通用筆劃少的俗體及異體字用法，本書以「創意造字」做為歸納。本章仍分簡繁對照速覽及逐字識讀兩節又分別依不作簡化偏旁用及可作簡化偏旁用分類。

一、簡繁對照速覽

1、不作簡化偏旁用的簡化字

B

坝〔壩〕
币〔幣〕
毙〔斃〕
补〔補〕

C

灿〔燦〕
层〔層〕
搀〔攙〕
谗〔讒〕
馋〔饞〕
缠〔纏〕

忏〔懺〕
彻〔徹〕
尘〔塵〕
衬〔襯〕
迟〔遲〕
础〔礎〕
丛〔叢〕

D

导〔導〕
邓〔鄧〕
吨〔噸〕

E

儿〔兒〕

F

矾〔礬〕
粪〔糞〕
肤〔膚〕
妇〔婦〕
复〔復、複〕

G

沟〔溝〕
构〔構〕
购〔購〕

关〔關〕

H

护〔護〕

J

积〔積〕
极〔極〕
舰〔艦〕
讲〔講〕
胶〔膠〕
阶〔階〕
仅〔僅〕
剧〔劇〕
据〔據〕

K

开〔開〕

L

兰〔蘭〕
拦〔攔〕
栏〔欄〕
烂〔爛〕
临〔臨〕
邻〔鄰〕
岭〔嶺〕

M

灭〔滅〕

N

酿〔釀〕
疟〔瘧〕

P

盘〔盤〕

Q

纤〔縴〕

R

让〔讓〕
扰〔擾〕
认〔認〕

S

胜〔勝〕
术〔術〕

T

态〔態〕

W

网〔網〕
卫〔衛〕

X

习〔習〕
吓〔嚇〕
宪〔憲〕
县〔縣〕
胁〔脅〕
悬〔懸〕

Y

阳〔陽〕
钥〔鑰〕
亿〔億〕
忆〔憶〕
忧〔憂〕
优〔優〕
远〔遠〕
跃〔躍〕
运〔運〕
酝〔醞〕

Z

杂〔雜〕
众〔衆〕
桩〔樁〕
总〔總〕
钻〔鑽〕

2、可作簡化偏旁用的簡化字

B		J		气〔氣〕
笔〔筆〕		进〔進〕		S
毕〔畢〕		L		审〔審〕
C		龙〔龍〕		X
刍〔芻〕		虏〔虜〕		乡〔鄉〕
从〔從〕		虑〔慮〕		写〔寫〕
窜〔竄〕		M		Y
D		麦〔麥〕		严〔嚴〕
动〔動〕		N		厌〔厭〕
队〔隊〕		聂〔聶〕		业〔業〕
H		宁〔寧〕		艺〔藝〕
华〔華〕		Q		阴〔陰〕
汇〔匯、彙〕		岂〔豈〕		

二、逐字識讀

1、不作簡化偏旁用的簡化字釋義

坝〔壩〕ㄅㄚˋ　bà　截住河流的建築物。

币〔幣〕ㄅㄧˋ　bì　有標準價格、可作交易媒介的東西。

毙〔斃〕ㄅㄧˋ bì 死。

补〔補〕ㄅㄨˇ bǔ 添足所缺少的。

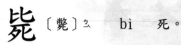

灿〔燦〕ㄘㄢˋ càn 鮮明奪目。

层〔層〕ㄘㄥˊ céng 有次序、階梯之義。

搀〔攙〕ㄔㄢ chān 扶。

谗〔讒〕ㄔㄢˊ chán 背後捏造他人壞話。

馋〔饞〕ㄔㄢˊ chán 貪吃。

缠 〔纏〕ㄔㄢˊ chán 圍繞。

忏 〔懺〕ㄔㄢˋ chàn 幡然悔過。

彻 〔徹〕ㄔㄜˋ chè 通、透。

尘 〔塵〕ㄔㄣˊ chén 飛揚的灰土。

衬 〔襯〕ㄔㄣˋ chèn 加在衣物裡層的東西。

迟 〔遲〕ㄔˊ chí 比規定的時間延後。從尺音。

础 〔礎〕ㄔㄢˋ chàn 柱子下的基石。

丛 〔叢〕ㄘㄨㄥˊ cóng 聚集一起的人或物。

导 〔導〕ㄉㄠˇ dǎo 引領。

邓 〔鄧〕ㄉㄥˋ dèng 姓。

吨 〔噸〕ㄉㄨㄣ dūn 量詞，一千公斤為一噸。

儿 〔兒〕ㄦˊ ér 兒女的總稱或自稱。

矾 〔礬〕ㄈㄢˊ fèn 一種礦物。

粪 〔糞〕ㄈㄣˋ ér 排泄物。

肤 〔膚〕ㄈㄨ　fū　身體的表皮。

妇 〔婦〕ㄈㄨ　fù　已結婚的女子。

复 〔復、複〕ㄈㄨ　fù　還原。多的、繁雜的。

沟 〔溝〕ㄍㄡ　gōu　小水道。從勾音。

构 〔構〕ㄍㄡ　gòu　組合。從勾音。

购 〔購〕ㄍㄡ　gòu　買。從勾音。

关 〔關〕ㄍㄨㄢ　guān　掩閉、閉合。

護〔護〕ㄏㄨ　hù　保衛。

積〔積〕ㄐㄧ　jī　堆疊。

極〔極〕ㄐㄧ　jí　事物的頂點。從及音。

艦〔艦〕ㄐㄧㄢ　jiàn　大型的軍用船。從貝音。

講〔講〕ㄐㄧㄤ　jiǎng　說話。

膠〔膠〕ㄐㄧㄠ　jiāo　有黏性的糊狀物體。從交音。

階〔階〕ㄐㄧㄝ　jiē　層級狀建築物。

仅 〔僅〕ㄐㄧㄣ jǐn 只。

剧 〔劇〕ㄐㄩ jù 戲。從居音。

据 〔據〕ㄐㄩ jù 占有。

开 〔開〕ㄎㄞ kāi 舒張、綻放。

兰 〔蘭〕ㄌㄢ lán 蘭花：多年生草本植物。

拦 〔攔〕ㄌㄢ lán 阻擋。

栏 〔欄〕ㄌㄢ lán 以竹木金屬做遮攔用的東西。

烂 〔爛〕ㄌ丐 làn 食物過熟而變得鬆軟。

临 〔臨〕ㄌㄧㄣˊ lín 到來、來到。

邻 〔鄰〕ㄌㄧㄣˊ lín 住所接近的人家。

岭 〔嶺〕ㄌㄧㄥˇ lǐng 山脈的幹系。

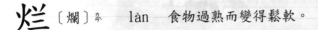

灭 〔滅〕ㄇㄧㄝˋ miè 把火弄熄。

酿 〔釀〕ㄋㄧㄤˋ niàng 利用發酵的方法製造。

疟 〔瘧〕ㄋㄩㄝˋ nüè 瘧疾：由瘧蚊散播瘧疾原蟲所引起的急性傳染病。

P

盘 〔盤〕ㄆㄢˊ　pán　裝盛食物的平淺容器。

Q

纤 〔縴〕ㄑㄧㄢˋ　qiàn　拉船前進的粗繩。

R

让 〔讓〕ㄖㄤˋ　ràng　謙退、不爭執。

扰 〔擾〕ㄖㄠˇ　rǎo　糾纏不休。

认 〔認〕ㄖㄣˋ　rèn　辨識、分別。

S

胜 〔勝〕ㄕㄥˋ　shèng　贏。

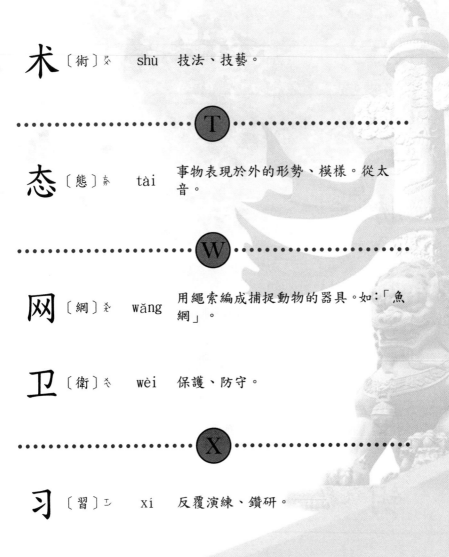

术　〔術〕ㄕㄨ　shù　技法、技藝。

T

态　〔態〕ㄊㄞˋ　tài　事物表現於外的形勢、模樣。從太音。

W

网　〔網〕ㄨㄤˇ　wǎng　用繩索編成捕捉動物的器具。如:「魚網」。

卫　〔衛〕ㄨㄟˋ　wèi　保護、防守。

X

习　〔習〕ㄒㄧˊ　xí　反覆演練、鑽研。

吓　〔嚇〕ㄒㄧㄚˋ　xià　使人恐懼曰嚇。

宪 〔憲〕ㄒㄧㄢˋ　xiàn　法規。如:「憲令」、「憲章」。

县 〔縣〕ㄒㄧㄢˋ　xiàn　地方行政單位。

胁 〔脅〕ㄒㄧㄝˊ　xié　逼迫。

悬 〔懸〕ㄒㄩㄢˊ　xuán　繫掛。

阳 〔陽〕ㄧㄤˊ　yáng　剛盛之氣。

钥 〔鑰〕ㄧㄠˋ　yào　開鎖的器具。

亿 〔億〕ㄧˋ　yì　數目字。萬的萬倍。

忆 〔憶〕ㄧˋ yì 記得。如：「記憶」。

忧 〔憂〕ㄧㄡ yōu 焦慮、煩惱。

优 〔優〕ㄧㄡ yōu 佳的、美好的。

远 〔遠〕ㄩㄢˇ yuǎn 距離不近的。從元音。

跃 〔躍〕ㄩㄝˋ yuè 跳。

运 〔運〕ㄩㄣˋ yùn 移動、旋轉。

酝 〔醞〕ㄩㄣˋ yùn 釀造。如：「醞酒」。

杂 〔雜〕ㄗ　zá　不純、不齊的。

众 〔眾〕ㄓㄨㄥˋ　zhòng　許多。

桩 〔樁〕ㄓㄨㄤ　zhuāng　插入土中的木棍或石柱。從庄音。

总 〔總〕ㄗㄨㄥˇ　zǒng　統計聚合。

钻 〔鑽〕ㄗㄨㄢˋ　zuàn　開用尖物左右旋轉，穿刺成洞。如：「鑽孔」。

2、可作簡化偏旁用的簡化字釋義

笔 〔筆〕ㄅㄧˇ　bǐ　寫字、畫圖的用具。從竹從毛義。

毕 〔畢〕ㄅㄧˋ　bì　完成。從比音。

刍 〔芻〕ㄔㄨˊ　chú　餵牲畜的草。

从 〔從〕ㄘㄨㄥˊ　cóng　跟隨。雙人有跟從之義。

窜 〔竄〕ㄘㄨㄢˋ　cuàn　逃避躲藏。從串音。

动 〔動〕ㄉㄨㄥˋ　dòng　改變原來的位置。

队 〔隊〕ㄉㄨㄟˋ　duì　行列。

华 〔華〕ㄏ　huá　絢麗光彩。

汇 〔匯、彙〕ㄏㄨㄟ　huì　聚集。

进 〔進〕ㄐㄧㄣ　jìn　向前移動。

龙 〔龍〕ㄌㄨㄥ　lóng　傳說中的動物。

虏 〔虜〕ㄌㄨ　lǔ　捉住、擒獲。

虑 〔慮〕ㄌㄩ　lǜ　擔心。

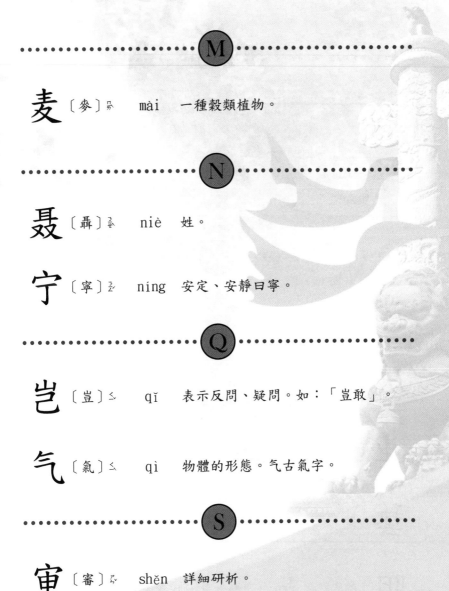

M

麦〔麥〕_{ㄇㄞ}　mài　一種穀類植物。

N

聶〔聶〕_{ㄋㄧㄝ}　niè　姓。

宁〔寧〕_{ㄋㄧㄥ}　níng　安定、安靜曰寧。

Q

岂〔豈〕_{ㄑㄧ}　qǐ　表示反問、疑問。如：「豈敢」。

气〔氣〕_{ㄑㄧ}　qì　物體的形態。气古氣字。

S

审〔審〕_{ㄕㄣ}　shěn　詳細研析。

X

乡 〔鄉〕ㄒㅣㅤ xiāng 泛指城市以外地區。

写 〔寫〕ㄒㅣㄝ xiě 書寫。

Y

严 〔嚴〕ㄧㄢ yán 嚴密。

厌 〔厭〕ㄧㄢ yàn 憎惡。

业 〔業〕ㄧㄝ yè 所做的事。

藝 〔藝〕ㄧ yì 才能、技術。

阴 〔陰〕ㄧㄣ yīn 柔和之氣。月為陰，日為陽。

伍 以形化簡

　　大陸簡體字中有數量龐大的字群，係取一個字的大輪廓而省掉內部輪廓的筆劃或用筆劃簡單的符號來取代筆劃較多的字，本書以「以形化簡」將其歸類。本章仍分簡繁對照速覽及逐字識讀兩節又分別依不作簡化偏旁用及可作簡化偏旁用分類。

一、簡繁對照速覽

1、不作簡化偏旁用的簡化字

C		H		L	
厂〔廠〕		轰〔轟〕		垒〔壘〕	
D		壶〔壺〕		炼〔煉〕	
夺〔奪〕		沪〔滬〕		练〔練〕	
f		**J**		疗〔療〕	
飞〔飛〕		拣〔揀〕		辽〔遼〕	
奋〔奮〕		浆〔漿〕		**Q**	
凤〔鳳〕		桨〔槳〕		牵〔牽〕	
G		奖〔獎〕		庆〔慶〕	
赶〔趕〕		酱〔醬〕		**S**	
顾〔顧〕		疖〔癤〕		伞〔傘〕	
				树〔樹〕	

T	医〔醫〕
厅〔廳〕	应〔應〕
Y	渊〔淵〕
痒〔癢〕	Z
爷〔爺〕	凿〔鑿〕

2、可作簡化偏旁用的簡化字

A	龟〔龜〕	Q
爱〔愛〕	国〔國〕	齐〔齊〕
C	J	区〔區〕
产〔產〕	将〔將〕	S
齿〔齒〕	节〔節〕	啬〔嗇〕
D	L	属〔屬〕
断〔斷〕	历〔歷、曆〕	肃〔肅〕
F	两〔兩〕	X
风〔風〕	卤〔鹵、滷〕	寻〔尋〕
G	M	
冈〔岡〕	黾〔黽〕	
广〔廣〕		

二、逐字識讀

1、不作簡化偏旁用的簡化字釋義

厂 〔廠〕ㄔㄤ chǎng 從事製造、修理工作的場所。

奪 〔奪〕ㄉㄨㄛ duó 強取。

飞 〔飛〕ㄈㄟ fēi 在空中移動。

奋 〔奮〕ㄈㄣ fèn 振作。如：「奮鬥」。

凤 〔鳳〕ㄈㄥ fèng 傳說中的神鳥，指鳳凰。

赶 〔趕〕ㄍㄢˇ　gǎn　追逐。驅策。

顾 〔顧〕ㄍㄨˋ　gù　察看、張望。

轰 〔轟〕ㄏㄨㄥ　hōng　巨大的聲響。

壶 〔壺〕ㄏㄨˊ　hú　一種有柄有蓋的容器。

沪 〔滬〕ㄏㄨˋ　hù　上海市的簡稱。

拣 〔揀〕ㄐㄧㄢˇ　jiǎn　選擇、挑選。

浆 〔漿〕ㄐㄧㄤ jiāng 較濃的液體。

桨 〔槳〕ㄐㄧㄤ jiǎng 划船的器具。

奖 〔奬〕ㄐㄧㄤ jiǎng 表揚。

醬 〔醬〕ㄐㄧㄤ jiàng 經發酵製成的調味品。

疖 〔癤〕ㄐㄧㄝ jiē 由金黃色葡萄球菌侵入毛囊汗腺周圍所引起的小膿瘡。

垒 〔壘〕ㄌㄟ lěi 戰爭時用以禦敵的建物。

炼 〔煉〕ㄌㄧㄢ liàn 用火燒熔物質，去除雜質使其成分更純。

练 〔練〕ㄌㄧㄢˋ liàn 反覆學習。

疗 〔療〕ㄌㄧㄠˊ liáo 治病。

辽 〔遼〕ㄌㄧㄠˊ liáo 遙遠、開闊。

牵 〔牽〕ㄑㄧㄢ qiān 拉引。

庆 〔慶〕ㄑㄧㄥˋ qìng 祝賀。

伞 〔傘〕ㄙㄢˇ sǎn 遮陽或避雨的器具。

树 〔樹〕ㄕㄨˋ shù 莖幹較粗的本木植物。

厅 〔廳〕ㄊㄧㄥ tīng 屋內待客、用餐的地方。

痒 〔癢〕ㄧㄤˇ yǎng 皮膚受刺激而產生想要抓的感覺。

爷 〔爺〕ㄧㄝˊ yé 對祖父的稱呼。

医 〔醫〕ㄧ yī 治療疾病。

应 〔應〕ㄧㄥ yīng 當、該。

渊 〔淵〕ㄩㄢ yuān 深水。

凿 〔鑿〕ㄗㄠˊ　záo　挖、穿。

2、可作簡化偏旁用的簡化字釋義

爱 〔愛〕ㄞˋ　ài　喜歡。

产 〔產〕ㄔㄢˇ　chǎn　生育後代。

齿 〔齒〕ㄔˇ　chǐ　用來咀嚼的器官。

断 〔斷〕ㄉㄨㄢˋ　duàn　隔絕。

F

风 〔風〕ㄈㄥ　fēng　空氣流動所產生的現象。

G

冈 〔岡〕ㄍㄤ　gāng　山脊。

广 〔廣〕ㄍㄨㄤˇ　guǎng　寬闊。如:「廣大」。

龟 〔龜〕ㄍㄨㄟ　guī　一種爬行動物。

国 〔國〕ㄍㄨㄛˊ　guó　有土地、人民、主權、政府的團體。

J

将 〔將〕ㄐㄧㄤ　jiāng　表未來的用詞。如:「將來」。

节 〔節〕ㄐㄧㄝˊ jié 紀念日。如:「節日」。

L

历 〔歷、曆〕ㄌㄧˋ lì 經過。推算年、月、日和節氣的方法。
如:「國曆」。

两 〔兩〕ㄌㄧㄤˇ liǎng 數目是二的。量詞。

卤 〔鹵、滷〕ㄌㄨˇ lǔ 一種烹飪方法。

M

黾 〔黽〕ㄇㄧㄣˇ mǐn 勉勵。

Q

齐 〔齊〕ㄑㄧˊ qí 事務劃一。

区 〔區〕ㄑㄩ　qū　分割。

嗇 〔嗇〕ㄙㄜˋ　sè　儉省，捨不得用錢。如：「吝嗇」。

属 〔屬〕ㄕㄨˇ　shǔ　類別。

肃 〔肅〕ㄙㄨˋ　sù　嚴正。

寻 〔尋〕ㄒㄩㄣˊ　xún　找。

　　大陸頒發簡體字總表時，有很大一部分是中國歷 來使用的俗體字或異體字，在上述五章節未有歸類的單 字，本書將其納入「約定成俗」部分，屬於需要強記的單 字。本章仍分簡繁對照速覽及逐字識讀兩節又分別依不作 簡化偏旁用及可作簡化偏旁用分類。

一、簡繁對照速覽

1、不作簡化偏旁用的簡化字

A

碍〔礙〕
肮〔骯〕
袄〔襖〕

B

办〔辦〕
帮〔幫〕
宝〔寶〕
标〔標〕

C

蚕〔蠶〕
偿〔償〕

惩〔懲〕
处〔處〕
触〔觸〕
辞〔辭〕
聪〔聰〕

D

担〔擔〕
胆〔膽〕
灯〔燈〕
敌〔敵〕
递〔遞〕
点〔點〕

电〔電〕
独〔獨〕

G

个〔個〕
观〔觀〕
柜〔櫃〕

H

汉〔漢〕
号〔號〕
怀〔懷〕
坏〔壞〕
欢〔歡〕

环〔環〕
还〔還〕
获〔獲、穫〕

J

击〔擊〕
鸡〔鷄〕
际〔際〕
价〔價〕
艰〔艱〕
歼〔殲〕
茧〔繭〕
洁〔潔〕
惊〔驚〕
旧〔舊〕
惧〔懼〕

K

垦〔墾〕
恳〔懇〕
块〔塊〕

L

腊〔臘〕
蜡〔蠟〕
礼〔禮〕
联〔聯〕
怜〔憐〕
粮〔糧〕
猎〔獵〕
庐〔廬〕
芦〔蘆〕
炉〔爐〕

陆〔陸〕
驴〔驢〕
乱〔亂〕

M

么〔麼〕
梦〔夢〕
庙〔廟〕

N

恼〔惱〕
脑〔腦〕
拟〔擬〕

Q

窍〔竅〕
窃〔竊〕
权〔權〕
劝〔勸〕

S

扫〔掃〕
涩〔澀〕
晒〔曬〕
伤〔傷〕
声〔聲〕
湿〔濕〕
实〔實〕
适〔適〕
苏〔蘇、囌〕

T

坛〔壇、罈〕
叹〔嘆〕

体〔體〕
铁〔鐵〕
听〔聽〕
头〔頭〕
团〔團、糰〕

W

洼〔窪〕
袜〔襪〕
稳〔穩〕
雾〔霧〕

X

牺〔犧〕
戏〔戲〕
虾〔蝦〕
响〔響〕
协〔協〕
兴〔興〕
选〔選〕

Y

压〔壓〕
盐〔鹽〕
养〔養〕
样〔樣〕
药〔藥〕
叶〔葉〕
痈〔癰〕
佣〔傭〕
拥〔擁〕
邮〔郵〕
园〔園〕

Z

赃〔贓、髒〕
脏〔臟〕
枣〔棗〕
灶〔竈〕
斋〔齋〕

毡〔氈〕
战〔戰〕
赵〔趙〕
这〔這〕
证〔證〕
钟〔鐘、鍾〕

肿〔腫〕
种〔種〕
昼〔晝〕
烛〔燭〕
庄〔莊〕
浊〔濁〕

2、可作簡化偏旁用的簡化字

B

罢〔罷〕
备〔備〕
边〔邊〕
宾〔賓〕

C

尝〔嘗〕
虫〔蟲〕

D

达〔達〕
单〔單〕
当〔當、噹〕
党〔黨〕
对〔對〕

G

归〔歸〕

过〔過〕

H

画〔畫〕
会〔會〕

J

夹〔夾〕
尽〔盡、儘〕

L

灵〔靈〕
刘〔劉〕
卢〔盧〕
罗〔羅〕

N

难〔難〕

Q

迁〔遷〕
乔〔喬〕
穷〔窮〕

S

圣〔聖〕
双〔雙〕
岁〔歲〕

Y

义〔義〕
犹〔猶〕

Z

郑〔鄭〕

二、逐字識讀

1、不作簡化偏旁用的簡化字釋義

碍 〔礙〕ㄞˋ　　ài　　妨害、不利、有影響。如：「礙事」。

肮 〔骯〕ㄤ　　āng　　不潔曰骯髒。

袄 〔襖〕ㄠˇ　　ǎo　　有襯裡的中式上衣。如：「棉襖」。

办 〔辦〕ㄅㄢˋ　　bàn　　做事、處理。如：「辦事」。

帮 〔幫〕ㄅㄤ　　bāng　　從旁協助。如：「幫忙」。

宝 〔寶〕ㄅㄠˇ　bǎo　珍貴的東西。

标 〔標〕ㄅㄧㄠ　biāo　記號。如：「商標」。

C

蚕 〔蠶〕ㄘㄢˊ　cán　鱗翅目蠶蛾科和天蠶科昆蟲的通稱。

偿 〔償〕ㄔㄤˊ　cháng　歸還。如：「賠償」。

惩 〔懲〕ㄔㄥˊ　chéng　處罰、責罰。

处 〔處〕ㄔㄨˋ　chù　地方、場所。如：「各處」。

触 〔觸〕ㄔㄨˋ　chù　兩物相接、遇到。如：「接觸」。

辞 〔辭〕ㄘˊ　cí　推讓。避開。

114

聰 〔聰〕ㄘㄨㄥ cōng 聽覺敏捷。如:「耳聰目明」。天資高、領悟力好。如:「聰明」。

D

擔 〔擔〕ㄉㄢ dān 用肩膀挑。

膽 〔膽〕ㄉㄢˇ dǎn 腹內器官之一。如:「膽囊」。勇氣。如:「膽量」。

燈 〔燈〕ㄉㄥ dēng 發光照明的器具。

敵 〔敵〕ㄉㄧˊ dí 仇人。如:「敵方」。

遞 〔遞〕ㄉㄧˋ dì 傳送。

點 〔點〕ㄉㄧㄢˇ diǎn 小的痕跡。如:「斑點」。

電 〔電〕ㄉㄧㄢˋ diàn 一種物質固有的能。

独 〔獨〕ㄉㄨˊ　　dú　　單獨、一個、獨自。

个 〔個〕ㄍㄜˋ　　gè　　單一、各別的。量詞，用於計算單獨的人或物的單位。

观 〔觀〕ㄍㄨㄢ　guān　看。

柜 〔櫃〕ㄍㄨㄟˋ　guì　收藏東西的大形家具。

汉 〔漢〕ㄏㄢˋ　hàn　男子的通稱。如：「漢子」。

号 〔號〕ㄏㄠˋ　hào　名稱。如：「國號」。

怀 〔懷〕ㄏㄨㄞˊ　huái　思念。

坏 〔壞〕ㄏㄨㄞˋ huài 不好、不良。

欢 〔歡〕ㄏㄨㄢ huān 高興、快樂。如:「歡喜」。

环 〔環〕ㄏㄨㄢˊ huán 圓形而中空的東西。

还 〔還〕ㄏㄞˊ hái 歸回、交回。還仍然、依舊。

获 〔獲、穫〕ㄏㄨㄛˋ huò 打仗或打獵所得。如:「捕獲」。穫 為收割農作物。

J

击 〔擊〕ㄐㄧ jí 攻打。

鸡 〔鷄〕ㄐㄧ jī 家禽的一種。

际 〔際〕ㄐㄧ jì 邊界。如:「邊際」。彼此之間。如: 「人際」。

价〔價〕ㄐㄧㄚ jià 物品所值的具體金錢數。

艰〔艱〕ㄐㄧㄢ jiān 困苦、困難。

歼〔殲〕ㄐㄧㄢ jiān 消滅敵軍曰殲。

茧〔繭〕ㄐㄧㄢ jiān 蠶在變成蛹之前，吐出白色或黃色的絲，所結成用以包裹自己的橢圓形物。

洁〔潔〕ㄐㄧㄝ jié 乾淨。

惊〔驚〕ㄐㄧㄥ jīng 心中害怕而不安。

旧〔舊〕ㄐㄧㄡ jiù 古老的、過時的。

惧〔懼〕ㄐㄩ jù 害怕。

墾 〔墾〕丂ㄣˇ kěn 努力翻土曰墾。

懇 〔懇〕丂ㄣˇ kěn 真誠、熱切。

塊 〔塊〕丂ㄨㄞˋ kuài 結聚成團的物體。

臘 〔臘〕ㄌㄚˋ là 農曆最後一個月稱「臘月」。

蠟 〔蠟〕ㄌㄚˋ là 由動、植物或礦物等所產生的油脂。

礼 〔禮〕ㄌㄧˇ lǐ 人類的行為規範。

联 〔聯〕ㄌㄧㄢˊ lián 連、合。

怜 〔憐〕ㄌㄧㄢˊ lián 同情。

粮 〔糧〕ㄌㄧㄤˊ liáng 穀類食物。

猎 〔獵〕ㄌㄧㄝˋ liè 捕取野獸。

庐 〔廬〕ㄌㄨˊ lú 房舍。

芦 〔蘆〕ㄌㄨˊ lú 多年生草本植物蘆葦。

炉 〔爐〕ㄌㄨˊ lú 供燃燒用的設備。

陆 〔陸〕ㄌㄨˋ lù 高出水面的平地。

驴 〔驢〕ㄌㄩˊ lǘ 哺乳動物。外形像馬而體形較小。

乱　〔亂〕ㄌㄨㄢˋ　luàn　沒有條理、秩序的。

么　〔麼〕˙ㄇㄜ　me　疑問詞。

梦　〔夢〕ㄇㄥˋ　mèng　睡眠時，腦部因刺激而產生的幻象。
如：「作夢」。

庙　〔廟〕ㄇㄧㄠˋ　miào　供奉神像讓人祭拜的建築物。

恼　〔惱〕ㄋㄠˇ　nǎo　發怒、憤恨。

脑　〔腦〕ㄋㄠˇ　nǎo　人或高等動物神經系統的主要部分。

拟　〔擬〕ㄋㄧˇ　nǐ　計劃、打算。

窍 〔竅〕ㄑㄧㄠˋ qiào 比喻事情的關鍵、要點。如:「竅門」。

窃 〔竊〕ㄑㄧㄝˋ qiè 偷取。

权 〔權〕ㄑㄩㄢˊ quán 應享有的利益。如:「權利」。

劝 〔勸〕ㄑㄩㄢˋ quàn 用言語說服使人聽從。

扫 〔掃〕ㄙㄠˇ sǎo 除去、消滅。

涩 〔澀〕ㄙㄜˋ sè 不滑潤。

晒 〔曬〕ㄕㄞˋ shài 在太陽下照射。

伤 〔傷〕ㄕㄤ shāng 損害曰傷。

声 〔聲〕ㄕㄥ shēng 因物體撞擊或摩擦所產生，能引起聽覺的音波。

湿 〔濕〕ㄕ shī 被水浸或水分多的。與「乾」相對。

实 〔實〕ㄕ shí 真實的、實際存在的。

适 〔適〕ㄕ shì 恰好、相合。

苏 〔蘇、囌〕ㄙㄨ sū 姓氏之一。

•••••••••••••••••• T ••••••••••••••••••

坛 〔壇、罈〕ㄊㄢ tán 祭祀高臺。

叹 〔嘆〕ㄊㄢ tàn 因心中苦悶而呼出長氣。

体 〔體〕ㄊㄧ   tǐ   人或其他動物的全身。如：「身體」。

铁 〔鐵〕ㄊㄧㄝ   tiě   金屬元素之一。

听 〔聽〕ㄊㄧㄥ   tīng   用耳朵收受聲音。

头 〔頭〕ㄊㄡ   tóu   動物脖子以上的部分。

团 〔團、糰〕ㄊㄨㄢ   tuán   集結成球狀的事物。如：「肉團」。

洼 〔窪〕ㄨㄚ   wā   低下、凹陷的地方。

袜 〔襪〕ㄨㄚ   wà   套於腳上，用來保護或保暖的東西。

稳 〔穩〕ㄨㄣ   wěn   可靠、不輕浮。

雾 〔霧〕ㄨ　wù　飄浮瀰漫於地面的水氣。

牺 〔犧〕ㄒㄧ　xī　古時祭祀用的牲畜。如:「犧牲」。

戏 〔戲〕ㄒㄧ　xì　玩耍。如:「遊戲」。

虾 〔蝦〕ㄒㄧㄚ　xiā　節足類動物。

响 〔響〕ㄒㄧㄤ　xiǎng　聲音。

协 〔協〕ㄒㄧㄝ　xié　共同、一起。

兴 〔興〕ㄒㄧㄥ　xīng　旺盛繁榮。

选 〔選〕ㄒㄩㄢ　xuǎn　挑揀。

压 〔壓〕ㄚ　　yā　　由上往下施加力量。

盐 〔鹽〕ㄧㄢˊ　yán　　一種無色透明的礦物質。

养 〔養〕ㄧㄤˇ　yǎng　照顧、撫育。

样 〔樣〕ㄧㄤˋ　yàng　形狀、形式。

药 〔藥〕ㄧㄠˋ　yào　　具有療效的物質。

叶 〔葉〕ㄧㄝˋ　yè　　植物行光合作用的器官。如：「葉子」。

痈 〔癰〕ㄩㄥ　yōng　一種毒瘡。

佣 〔傭〕ㄩㄥ　yōng　受僱做事的人。

拥 〔擁〕ㄩㄥ yōng 抱。

邮 〔郵〕ㄧㄡ yóu 寄、傳遞信件。

园 〔園〕ㄩㄢ yuán 種植花木蔬果的地方。供人遊賞的場所。

赃 〔贓、髒〕ㄗㄤ zāng 以非法手段取得的財物。汙穢不清潔。

脏 〔臟〕ㄗㄤ zàng 胸、腹腔內各器官的總稱。

枣 〔棗〕ㄗㄠ zǎo 多年生小喬木。

灶 〔竈〕ㄗㄠ zào 用來生火烹飪的設備。

斋 〔齋〕ㄓㄞ zhāi 佛、道教信徒所吃的素食。

毡 〔氈〕㊀ zhān 用獸毛加工製成的編織物。

战 〔戰〕㊀ zhàn 打仗、爭鬥。

赵 〔趙〕㊀ zhào 姓氏之一。

这 〔這〕㊀ zhè 指示代詞。

证 〔證〕㊀ zhèng 憑據。

钟 〔鐘、鍾〕㊀ zhōng 樂器之一。盛酒的器具。

肿 〔腫〕㊀ zhǒng 皮肉浮脹。

种 〔種〕㊀ zhǒng 人的族類。

昼 〔畫〕ㄓㄡ zhòu 白天。

烛 〔燭〕ㄓㄨ zhú 用蠟和油製成，可燃燒照明的工具。

庄 〔莊〕ㄓㄨㄤ zhuāng 田舍、村落。

浊 〔濁〕ㄓㄨㄛ zhuó 水不清。

2、可作簡化偏旁用的簡化字釋義

罢 〔罷〕ㄅㄚ bà 停止、休止。

备 〔備〕ㄅㄟ bèi 應有盡有。

边 〔邊〕ㄅㄧㄢ biān 物體的周圍。

宾 〔賓〕ㄅㄧㄣ　bīn　客人。

C

尝 〔嘗〕ㄔㄤ　cháng　辨別滋味。

虫 〔蟲〕ㄔㄨㄥ　chóng　昆蟲的總稱。

D

达 〔達〕ㄉㄚ　dá　到。

单 〔單〕ㄉㄢ　dān　孤獨、獨自一個。

当 〔當、噹〕ㄉㄤ　dāng　擔任、主持。

党 〔黨〕ㄉㄤ　dǎng　志同道合所組成有理想、有組織的團體。

对 〔對〕ㄉㄨㄟˋ　duì　正確、正常。

———————————— G ————————————

归 〔歸〕ㄍㄨㄟ　guī　返回。

过 〔過〕ㄍㄨㄛˋ　guò　某種行為曾經發生或已經完成。

———————————— H ————————————

画 〔畫〕ㄏㄨㄚˋ　huà　圖。

会 〔會〕ㄏㄨㄟˋ　huì　聚合。

———————————— J ————————————

夹 〔夾〕ㄐㄧㄚˊ　jiá　相對的兩方使力，使中間的物體受壓。

尽 [盡、儘] ㄐㄧㄣˋ　jìn　完畢、終止。

L

灵 [靈] ㄌㄧㄥˊ　líng　應驗。

刘 [劉] ㄌㄧㄡˊ　liú　姓。

卢 [盧] ㄌㄨˊ　lú　姓氏之一。

罗 [羅] ㄌㄨㄛˊ　luó　捕鳥的網。

N

难 [難] ㄋㄢˊ　nán　不容易。

迁 〔遷〕ㄑㄧㄢ qiān 移動。改變。

乔 〔喬〕ㄑㄧㄠ qiáo 高大。假裝。

穷 〔窮〕ㄑㄩㄥ qióng 缺少錢財。

圣 〔聖〕ㄕㄥ shèng 品德崇高、通達事理的。

双 〔雙〕ㄕㄨㄤ shuāng 偶數的。

岁 〔歲〕ㄙㄨㄟ suì 年齡。

义 〔義〕一ˋ yì 正當的道理。

犹 〔猶〕一ㄡˊ yóu 好像。

郑 〔鄭〕ㄓㄥˋ zhèng 審慎、嚴肅。

壹　古詩欣賞

　　大陸簡化字體後，最大的挑戰在於古籍閱讀。有人說，簡體字的古詩，毫無美感可言。下面選擇一篇宋代蘇東坡的文章與讀者共享，同時測驗你的簡體字識讀能力。

念奴嬌

大江东去，浪淘尽，
千古风流人物。
故垒西边，人道是，
三国周郎赤壁。
乱石穿空，惊涛拍岸，
卷起千堆雪。
江山如画，一时多少豪杰！

遥想公瑾当年，
小乔初嫁了，雄姿英发。
羽扇纶巾，谈笑间，
樯橹灰飞烟灭。
故国神游，多情应笑我，
早生华发。
人生如梦，一樽还酹江月

　　還記得於〈前言〉裡，請各位試讀簡體字文章嗎？事實上，前進大陸投資及就業、旅遊，新聞資訊的取得，是生活知識的重要來源，在學會簡體字的基礎下，不妨試著閱讀這篇報導吧。這是 2017 年 12 月 21 日湖北日報所發的一則新聞稿。

　　变废为宝的农村沼气，不仅是农民烧火做饭的清洁能源，还是改善环境的好帮手。12 月 20 日从省农村能源办公室获悉，今年全省农村沼气、天然气、太阳能、生物质等清洁能源使用有较大增长，减排二氧化碳等温室气体 221 万吨。

　　我省每年产生的农作物秸秆 3800 余万吨、规模化养殖粪污 7200 万吨，给环境带来巨大压力，全省以沼气为纽带，促进种植业和养殖业联姻，开拓出绿色高效的生态循环新模式。目前正在打造 100 个生态能源示范村、100

个农村沼气示范工程和 10 个以沼气为纽带的规模化循环农业示范区，示范区内以果、菜、茶为重点的特色产业化肥用量明显减少，畜禽粪污得到有效资源化利用，核心区域内清洁能源用户普及率达 80%，集中供气的农户达到 50% 以上。

规模化生物天然气试点工程稳步推进。黄梅、孝南、安陆和宜城四地试点示范工程总计投资 4 亿多元，项目建成后，每年可提纯生物天然气 2500 万立方米以上。8 月，农业部和国家发改委专项检查组对湖北项目整体建设情况给予肯定。

结合美丽乡村建设和农村环境集中连片治理工程，全省大力推广和使用新能源技术。总结编制了《湖北省农村能源建设十大模式》，印发各县市学习、借鉴。推广应用果、菜、茶沼肥替代化肥主推技术，提高经济作物产品质量，增加农民收入，促进了农业转型升级和可持续发展。其中，松滋"水肥一体化"生态循环农业模式在全省推广应用。

省农村能源办主任郑国蓉表示，2018 年将建设沼气工程 400 处以上，新增生物燃气产量 500 万立方米。

〈农村清洁能源一年减排 221 万吨〉湖北日报讯

记者胡琼瑶、通讯员江绣屏

參　法規審閱

　　為推動語言文字的規範化、標準化，使通用語言文字在社會生活中發揮更好的作用，促進各民族、各地區經濟文化交流，中華人民共和國 2000 年 10 月 31 日第九屆全國人民代表大會常務委員會第十八次會議通過「國家通用語言文字法」，該法規定大陸通用文字的使用規範，其中也提到在何種狀況可以使用簡、繁字體。提供給讀者作為閱讀練習參考。

　　第十四条　下列情形，应当以国家通用语言文字为基本的用语用字：

　　（一）广播、电影、电视用语用字；

　　（二）公共场所的设施用字；

　　（三）招牌、广告用字；

　　（四）企业事业组织名称；

　　（五）在境内销售的商品的包装、说明。

第十五条　信息处理和信息技术产品中使用的国家通用语言文字应当符合国家的规范和标准。

第十六条　本章有关规定中，有下列情形的，可以使用方言：

（一）国家机关的工作人员执行公务时确需使用的；

（二）经国务院广播电视部门或省级广播电视部门批准的播音用语；

（三）戏曲、影视等艺术形式中需要使用的；

（四）出版、教学、研究中确需使用的。

第十七条　本章有关规定中，有下列情形的，可以保留或使用繁体字、异体字：

（一）文物古迹；

（二）姓氏中的异体字；

（三）书法、篆刻等艺术作品；

（四）题词和招牌的手书字；

（五）出版、教学、研究中需要使用的；

（六）经国务院有关部门批准的特殊情况。

附錄

壹　簡化字總表

第一表：不作簡化偏旁用的簡化字

本表共收簡化字 350 個，按讀音的拼音字母順序排列。本表的簡化字都不得作簡化偏旁使用。

A

碍〔礙〕　肮〔骯〕　袄〔襖〕

B

坝〔壩〕　板〔闆〕　办〔辦〕　帮〔幫〕　宝〔寶〕
报〔報〕　币〔幣〕　毙〔斃〕　标〔標〕　表〔錶〕
别〔彆〕　卜〔蔔〕　补〔補〕

C

才〔纔〕　蚕〔蠶〕　灿〔燦〕　层〔層〕　搀〔攙〕
谗〔讒〕　馋〔饞〕　缠〔纏〕　忏〔懺〕　偿〔償〕
厂〔廠〕　彻〔徹〕　尘〔塵〕　衬〔襯〕　称〔稱〕
惩〔懲〕　迟〔遲〕　冲〔衝〕　丑〔醜〕　出〔齣〕
础〔礎〕　处〔處〕　触〔觸〕　辞〔辭〕　聪〔聰〕　丛〔叢〕

D

担〔擔〕　胆〔膽〕　导〔導〕　灯〔燈〕　邓〔鄧〕
敌〔敵〕　籴〔糴〕　递〔遞〕　点〔點〕　淀〔澱〕

144

电〔電〕 冬〔鼕〕 斗〔鬥〕 独〔獨〕 吨〔噸〕
夺〔奪〕 堕〔墮〕

E
儿〔兒〕

F
矾〔礬〕 范〔範〕 飞〔飛〕 坟〔墳〕 奋〔奮〕
粪〔糞〕 凤〔鳳〕 肤〔膚〕 妇〔婦〕 复〔復、複〕

G
盖〔蓋〕 干〔乾、幹〕 赶〔趕〕 个〔個〕 巩〔鞏〕
沟〔溝〕 构〔構〕 购〔購〕 谷〔穀〕 顾〔顧〕
刮〔颳〕 关〔關〕 观〔觀〕 柜〔櫃〕

H
汉〔漢〕 号〔號〕 合〔閤〕 轰〔轟〕 后〔後〕
胡〔鬍〕 壶〔壺〕 沪〔滬〕 护〔護〕 划〔劃〕
怀〔懷〕 坏〔壞〕 欢〔歡〕 环〔環〕 还〔還〕
回〔迴〕 伙〔夥〕 获〔獲、穫〕

J
击〔擊〕 鸡〔鷄〕 积〔積〕 极〔極〕 际〔際〕
继〔繼〕 家〔傢〕 价〔價〕 艰〔艱〕 歼〔殲〕
茧〔繭〕 拣〔揀〕 硷〔鹼〕 舰〔艦〕 姜〔薑〕
浆〔漿〕 桨〔槳〕 奖〔獎〕 讲〔講〕 酱〔醬〕
胶〔膠〕 阶〔階〕 疖〔癤〕 洁〔潔〕 借〔藉〕
仅〔僅〕 惊〔驚〕 竞〔競〕 旧〔舊〕 剧〔劇〕
据〔據〕 惧〔懼〕 卷〔捲〕

K

开〔開〕 克〔剋〕 垦〔墾〕 恳〔懇〕 夸〔誇〕
块〔塊〕 亏〔虧〕 困〔睏〕

L

腊〔臘〕 蜡〔蠟〕 兰〔蘭〕 拦〔攔〕 栏〔欄〕
烂〔爛〕 累〔纍〕 垒〔壘〕 类〔類〕 里〔裏〕
礼〔禮〕 隶〔隸〕 帘〔簾〕 联〔聯〕 怜〔憐〕
炼〔煉〕 练〔練〕 粮〔糧〕 疗〔療〕 辽〔遼〕
了〔瞭〕 猎〔獵〕 临〔臨〕 邻〔鄰〕 岭〔嶺〕
庐〔廬〕 芦〔蘆〕 炉〔爐〕 陆〔陸〕 驴〔驢〕
乱〔亂〕

M

么〔麽〕 霉〔黴〕 蒙〔矇、濛、懞〕 梦〔夢〕
面〔麵〕 庙〔廟〕 灭〔滅〕 蔑〔衊〕 亩〔畝〕

N

恼〔惱〕 脑〔腦〕 拟〔擬〕 酿〔釀〕 疟〔瘧〕

P

盘〔盤〕 辟〔闢〕 苹〔蘋〕 凭〔憑〕 扑〔撲〕
仆〔僕〕 朴〔樸〕

Q

启〔啓〕 签〔籤〕 千〔韆〕 牵〔牽〕 纤〔縴、纖〕
窍〔竅〕 窃〔竊〕 寝〔寢〕 庆〔慶〕 琼〔瓊〕
秋〔鞦〕 曲〔麯〕 权〔權〕 劝〔勸〕 确〔確〕

R
让〔讓〕 扰〔擾〕 热〔熱〕 认〔認〕

S
洒〔灑〕 伞〔傘〕 丧〔喪〕 扫〔掃〕 涩〔澀〕
晒〔曬〕 伤〔傷〕 舍〔捨〕 沈〔瀋〕 声〔聲〕
胜〔勝〕 湿〔濕〕 实〔實〕 适〔適〕 势〔勢〕
兽〔獸〕 书〔書〕 术〔術〕 树〔樹〕 帅〔帥〕
松〔鬆〕 苏〔蘇、囌〕 虽〔雖〕 随〔隨〕

T
台〔臺、檯、颱〕 态〔態〕 坛〔壇、罈〕 叹〔嘆〕
誊〔謄〕 体〔體〕 巢〔糶〕 铁〔鐵〕 听〔聽〕
厅〔廳〕 头〔頭〕 图〔圖〕 涂〔塗〕 团〔團、糰〕
椭〔橢〕

W
洼〔窪〕 袜〔襪〕 网〔網〕 卫〔衛〕 稳〔穩〕
务〔務〕 雾〔霧〕

X
牺〔犧〕 习〔習〕 系〔係、繫〕 戏〔戲〕 虾〔蝦〕
吓〔嚇〕 咸〔鹹〕 显〔顯〕 宪〔憲〕 县〔縣〕
响〔響〕 向〔嚮〕 协〔協〕 胁〔脅〕 衰〔褻〕
衅〔釁〕 兴〔興〕 须〔鬚〕 悬〔懸〕 选〔選〕
旋〔鏇〕

Y
压〔壓〕 盐〔鹽〕 阳〔陽〕 养〔養〕 痒〔癢〕

样〔樣〕　钥〔鑰〕　药〔藥〕　爷〔爺〕　叶〔葉〕
医〔醫〕　亿〔億〕　忆〔憶〕　应〔應〕　痈〔癰〕
拥〔擁〕　佣〔傭〕　踊〔踴〕　忧〔憂〕　优〔優〕
邮〔郵〕　余〔餘〕　御〔禦〕　吁〔籲〕　郁〔鬱〕
誉〔譽〕　渊〔淵〕　园〔園〕　远〔遠〕　愿〔願〕
跃〔躍〕　运〔運〕　酝〔醞〕

Z

杂〔雜〕　赃〔臟〕　脏〔臟、髒〕　凿〔鑿〕　枣〔棗〕
灶〔竈〕　斋〔齋〕　毡〔氈〕　战〔戰〕　赵〔趙〕
折〔摺〕　这〔這〕　征〔徵〕　症〔癥〕　证〔證〕
只〔隻、祇〕　致〔緻〕　制〔製〕　钟〔鐘、鍾〕
肿〔腫〕　种〔種〕　众〔衆〕　昼〔晝〕　朱〔硃〕
烛〔燭〕　筑〔築〕　庄〔莊〕　桩〔樁〕　妆〔妝〕
装〔裝〕　壮〔壯〕　状〔狀〕　准〔準〕　浊〔濁〕
总〔總〕　钻〔鑽〕

第二表：可作簡化偏旁用的簡化字和簡化偏旁

本表共收簡化字 132 個和簡化偏旁 14 個。簡化字按讀音的拼音字母順序排列，簡化偏旁按筆數排列。

A
爱〔愛〕

B
罢〔罷〕 备〔備〕 贝〔貝〕 笔〔筆〕 毕〔畢〕
边〔邊〕 宾〔賓〕

C
参〔參〕 仓〔倉〕 产〔産〕 长〔長〕 尝〔嘗〕
车〔車〕 齿〔齒〕 虫〔蟲〕 刍〔芻〕 从〔從〕
窜〔竄〕

D
达〔達〕 带〔帶〕 单〔單〕 当〔當、噹〕 党〔黨〕
东〔東〕 动〔動〕 断〔斷〕 对〔對〕 队〔隊〕

E
尔〔爾〕

F
发〔發、髮〕 丰〔豐〕 风〔風〕

G

冈〔岡〕 广〔廣〕 归〔歸〕 龟〔龜〕 国〔國〕
过〔過〕

H

华〔華〕 画〔畫〕 汇〔匯、彙〕 会〔會〕

J

几〔幾〕 夹〔夾〕 戋〔戔〕 监〔監〕 见〔見〕
荐〔薦〕 将〔將〕 节〔節〕 尽〔盡、儘〕 进〔進〕
举〔舉〕

K

壳〔殼〕

L

来〔來〕 乐〔樂〕 离〔離〕 历〔歷、曆〕丽〔麗〕
两〔兩〕 灵〔靈〕 刘〔劉〕 龙〔龍〕 娄〔婁〕
卢〔盧〕 虏〔虜〕 卤〔鹵、滷〕 录〔錄〕 虑〔慮〕
仑〔侖〕 罗〔羅〕

M

马〔馬〕 买〔買〕 卖〔賣〕 麦〔麥〕 门〔門〕
黾〔黽〕

N

难〔難〕 鸟〔鳥〕 聂〔聶〕 宁〔寧〕 农〔農〕

Q
齐〔齊〕 岂〔豈〕 气〔氣〕 迁〔遷〕 佥〔僉〕
乔〔喬〕 亲〔親〕 穷〔窮〕 区〔區〕

S
啬〔嗇〕 杀〔殺〕 审〔審〕 圣〔聖〕 师〔師〕
时〔時〕 寿〔壽〕 属〔屬〕 双〔雙〕 肃〔肅〕
岁〔歲〕 孙〔孫〕

T
条〔條〕

W
万〔萬〕 为〔為〕 韦〔韋〕 乌〔烏〕 无〔無〕

X
献〔獻〕 乡〔鄉〕 写〔寫〕 寻〔尋〕

Y
亚〔亞〕 严〔嚴〕 厌〔厭〕 尧〔堯〕 业〔業〕
页〔頁〕 义〔義〕 艺〔藝〕 阴〔陰〕 隐〔隱〕
犹〔猶〕 鱼〔魚〕 与〔與〕 云〔雲〕

Z
郑〔鄭〕 执〔執〕 质〔質〕 专〔專〕

簡化偏旁

讠〔言〕 饣〔食〕 昜〔易〕 纟〔糹〕 収〔取〕

䓁〔燃〕 䒑〔臨〕 只〔戠〕 钅〔金〕 䒑〔與〕

罕〔罪〕 亞〔亞〕 亦〔戀〕 咼〔咼〕

第三表：應用第二表所列簡化字和簡化偏旁得出來的簡化字

本表共收簡化字 1,753 個（不包含重見的字。例如「缆」分見「纟、𰀀、见」三部，只算一字），以第二表中的簡化字和簡化偏旁作部首，按第二表的順序排列。同一部首中的簡化字，按筆數排列。

爱
嗳〔嗳〕 嫒〔嬡〕 叆〔靉〕 瑷〔璦〕 暧〔曖〕
罢
摆〔擺、襬〕 黑〔羆〕 耀〔耀〕
备
惫〔憊〕
贝

贞〔貞〕	则〔則〕	负〔負〕	贡〔貢〕	呗〔唄〕
员〔員〕	财〔財〕	狈〔狽〕	责〔責〕	厕〔廁〕
贤〔賢〕	账〔賬〕	贩〔販〕	贬〔貶〕	败〔敗〕
贮〔貯〕	贪〔貪〕	贫〔貧〕	侦〔偵〕	侧〔側〕
货〔貨〕	贯〔貫〕	测〔測〕	浈〔湞〕	恻〔惻〕
贰〔貳〕	贲〔賁〕	贳〔貰〕	费〔費〕	郧〔鄖〕
勋〔勛〕	帧〔幀〕	贴〔貼〕	贶〔貺〕	贻〔貽〕
贱〔賤〕	贵〔貴〕	钡〔鋇〕	贷〔貸〕	贸〔貿〕
贺〔賀〕	陨〔隕〕	涢〔溳〕	资〔資〕	祯〔禎〕
贾〔賈〕	损〔損〕	贽〔贄〕	埙〔塤〕	桢〔楨〕
唝〔嗊〕	唢〔嗩〕	赅〔賅〕	圆〔圓〕	赃〔賍〕

贿〔賄〕 赆〔贐〕 赂〔賂〕 债〔債〕 赁〔賃〕
渍〔漬〕 惯〔慣〕 琐〔瑣〕 赉〔賚〕 匮〔匱〕
掼〔摜〕 殒〔殞〕 勚〔勩〕 赈〔賑〕 婴〔嬰〕
啧〔嘖〕 赊〔賒〕 帻〔幘〕 偾〔僨〕 铡〔鍘〕
绩〔績〕 溃〔潰〕 溅〔濺〕 赓〔賡〕 愦〔憒〕
愤〔憤〕 蒉〔蕢〕 赍〔賫〕 蒇〔蕆〕 𪾢〔䁻〕
赔〔賠〕 赕〔賧〕 遗〔遺〕 赋〔賦〕 喷〔噴〕
赌〔賭〕 赎〔贖〕 赏〔賞〕 赐〔賜〕 赒〔賙〕
锁〔鎖〕 馈〔饋〕 赖〔賴〕 赪〔赬〕 碛〔磧〕
㱮〔殨〕 赗〔賵〕 腻〔膩〕 赛〔賽〕 𫌨〔䙡〕
赘〔贅〕 撄〔攖〕 槚〔檟〕 嘤〔嚶〕 赚〔賺〕
赙〔賻〕 罂〔罌〕 镄〔鐨〕 箦〔簀〕 鲗〔鰂〕
缨〔纓〕 璎〔瓔〕 聩〔聵〕 樱〔櫻〕 赜〔賾〕
篑〔簣〕 濑〔瀨〕 瘿〔癭〕 懒〔懶〕 赝〔贗〕
豮〔豶〕 赠〔贈〕 鹦〔鸚〕 獭〔獺〕 赞〔贊〕
赢〔贏〕 赡〔贍〕 癞〔癩〕 攒〔攢〕 籁〔籟〕
缵〔纘〕 瓒〔瓚〕 臜〔臢〕 赣〔贛〕 趱〔趲〕
躜〔躦〕 戆〔戇〕

笔

滗〔潷〕

毕

荜〔蓽〕 哔〔嗶〕 筚〔篳〕 跸〔蹕〕

边

笾〔籩〕

宾

傧〔儐〕 滨〔濱〕 摈〔擯〕 嫔〔嬪〕 缤〔繽〕
殡〔殯〕 槟〔檳〕 膑〔臏〕 镔〔鑌〕 髌〔髕〕
鬓〔鬢〕

参
渗〔滲〕 惨〔慘〕 掺〔摻〕 骖〔驂〕 毵〔毿〕
瘆〔瘮〕 磉〔磣〕 穆〔穆〕 糁〔糝〕

仓
伧〔傖〕 创〔創〕 沧〔滄〕 怆〔愴〕 苍〔蒼〕
抢〔搶〕 呛〔嗆〕 炝〔熗〕 玱〔瑲〕 枪〔槍〕
戗〔戧〕 疮〔瘡〕 鸧〔鶬〕 舱〔艙〕 跄〔蹌〕

产
浐〔滻〕 萨〔薩〕 铲〔鏟〕

长
伥〔倀〕 怅〔悵〕 帐〔帳〕 张〔張〕 枨〔棖〕
账〔賬〕 胀〔脹〕 涨〔漲〕

尝
鲿〔鱨〕

车
轧〔軋〕 军〔軍〕 轨〔軌〕 库〔庫〕 阵〔陣〕
库〔庫〕 连〔連〕 轩〔軒〕 诨〔諢〕 郓〔鄆〕
轫〔軔〕 轭〔軛〕 匦〔匭〕 转〔轉〕 轮〔輪〕
斩〔斬〕 软〔軟〕 浑〔渾〕 恽〔惲〕 砗〔硨〕
轶〔軼〕 轲〔軻〕 轱〔軲〕 轷〔軤〕 轻〔輕〕
轳〔轤〕 轴〔軸〕 挥〔揮〕 荤〔葷〕 轹〔轢〕
轸〔軫〕 轺〔軺〕 涟〔漣〕 珲〔琿〕 载〔載〕
莲〔蓮〕 较〔較〕 轼〔軾〕 轾〔輊〕 辂〔輅〕
轿〔轎〕 晕〔暈〕 渐〔漸〕 惭〔慚〕 鞍〔鞍〕
琏〔璉〕 辅〔輔〕 辄〔輒〕 辆〔輛〕 堑〔塹〕
啭〔囀〕 崭〔嶄〕 裤〔褲〕 裢〔褳〕 辇〔輦〕
辋〔輞〕 辍〔輟〕 辊〔輥〕 椠〔槧〕 辐〔輻〕
暂〔暫〕 辉〔輝〕 辈〔輩〕 链〔鏈〕 翚〔翬〕
辏〔輳〕 辐〔輻〕 辑〔輯〕 输〔輸〕 毂〔轂〕

辔〔轡〕 辖〔轄〕 辕〔轅〕 辗〔輾〕 舆〔輿〕
辘〔轆〕 擘〔攆〕 鲢〔鰱〕 辙〔轍〕 錾〔鏨〕
辚〔轔〕

齿

龀〔齔〕 啮〔嚙〕 龆〔齠〕 龅〔齙〕 龃〔齟〕
龄〔齡〕 龇〔齜〕 龈〔齦〕 龉〔齬〕 龊〔齪〕
龌〔齷〕 龋〔齲〕

虫

蛊〔蠱〕

刍

诌〔謅〕 佟〔傷〕 邹〔鄒〕 惒〔惒〕 驺〔騶〕
绉〔縐〕 皱〔皺〕 趋〔趨〕 雏〔雛〕

从

苁〔蓯〕 纵〔縱〕 枞〔樅〕 怂〔慫〕 耸〔聳〕

窜

撺〔攛〕 镩〔鑹〕 蹿〔躥〕

达

挞〔撻〕 闼〔闥〕 挞〔撻〕 哒〔噠〕 鞑〔韃〕

带

滞〔滯〕

单

郸〔鄲〕 惮〔憚〕 阐〔闡〕 掸〔撣〕 弹〔彈〕
婵〔嬋〕 禅〔禪〕 殚〔殫〕 瘅〔癉〕 蝉〔蟬〕
箪〔簞〕 蕲〔蘄〕 椫〔韂〕

当

挡〔擋〕 档〔檔〕 裆〔襠〕 铛〔鐺〕

党

谠〔讜〕 傥〔儻〕 镋〔钂〕

156

东
冻〔凍〕 陈〔陳〕 岽〔崬〕 栋〔棟〕 胨〔腖〕
鸫〔鶇〕
动
恸〔慟〕
断
簖〔籪〕
对
怼〔懟〕
队
坠〔墜〕
尔
迩〔邇〕 弥〔彌、瀰〕 祢〔禰〕 玺〔璽〕 猕〔獼〕
发
泼〔潑〕 废〔廢〕 拨〔撥〕 镀〔鏺〕
丰
沣〔灃〕 艳〔艷〕 滟〔灩〕
风
讽〔諷〕 沨〔渢〕 岚〔嵐〕 枫〔楓〕 疯〔瘋〕
飒〔颯〕 砜〔碸〕 飓〔颶〕 飔〔颸〕 飕〔颼〕
飗〔飀〕 飘〔飄〕 飙〔飆〕
冈
刚〔剛〕 扨〔掆〕 岗〔崗〕 纲〔綱〕 枫〔棡〕
钢〔鋼〕
广
邝〔鄺〕 圹〔壙〕 扩〔擴〕 犷〔獷〕 纩〔纊〕
旷〔曠〕 矿〔礦〕

归
峁〔巋〕
龟
阄〔鬮〕
国
掴〔摑〕 帼〔幗〕 腘〔膕〕 蝈〔蟈〕
过
挝〔撾〕
华
哗〔嘩〕 骅〔驊〕 烨〔燁〕 桦〔樺〕 晔〔曄〕
铧〔鏵〕
画
婳〔嫿〕
汇
挥〔撝〕
会
刽〔劊〕 郐〔鄶〕 侩〔儈〕 浍〔澮〕 荟〔薈〕
哙〔噲〕 狯〔獪〕 绘〔繪〕 烩〔燴〕 桧〔檜〕
脍〔膾〕 鲙〔鱠〕
几
讥〔譏〕 叽〔嘰〕 饥〔饑〕 机〔機〕 玑〔璣〕
矶〔磯〕 虮〔蟣〕
夹
郏〔郟〕 侠〔俠〕 陕〔陝〕 浃〔浹〕 挟〔挾〕
荚〔莢〕 峡〔峽〕 狭〔狹〕 惬〔愜〕 硖〔硤〕
铗〔鋏〕 颊〔頰〕 蛱〔蛺〕 瘗〔瘞〕 箧〔篋〕
戋
划〔劃〕 浅〔淺〕 饯〔餞〕 线〔綫〕 残〔殘〕
栈〔棧〕 贱〔賤〕 盏〔盞〕 钱〔錢〕 笺〔箋〕

158

溅〔濺〕 践〔踐〕

监

滥〔濫〕 蓝〔藍〕 尴〔尷〕 槛〔檻〕 褴〔襤〕
篮〔籃〕

见

觅〔覓〕 岘〔峴〕 觃〔覎〕 视〔視〕 规〔規〕
现〔現〕 枧〔梘〕 觉〔覎〕 觉〔覺〕 砚〔硯〕
觇〔覘〕 览〔覽〕 宽〔寬〕 蚬〔蜆〕 觊〔覬〕
笕〔筧〕 觍〔覥〕 觌〔覿〕 靓〔靚〕 搅〔攪〕
揽〔攬〕 缆〔纜〕 窥〔窺〕 榄〔欖〕 觎〔覦〕
觏〔覯〕 觐〔覲〕 觑〔覷〕 髋〔髖〕

荐

鞯〔韉〕

将

蒋〔蔣〕 锵〔鏘〕

节

栉〔櫛〕

尽

浕〔濜〕 荩〔藎〕 烬〔燼〕 赆〔贐〕

进

琎〔璡〕

举

榉〔櫸〕

壳

悫〔慤〕

来

涞〔淶〕 莱〔萊〕 崃〔崍〕 徕〔徠〕 赉〔賚〕
睐〔睞〕 铼〔錸〕

乐
泺〔濼〕 烁〔爍〕 栎〔櫟〕 轹〔轢〕 砾〔礫〕
铄〔鑠〕
离
漓〔灕〕 篱〔籬〕

历
沥〔瀝〕 坜〔壢〕 苈〔藶〕 呖〔嚦〕 枥〔櫪〕
疬〔癧〕 雳〔靂〕
丽
俪〔儷〕 郦〔酈〕 逦〔邐〕 骊〔驪〕 鹂〔鸝〕
酾〔釃〕 鲡〔鱺〕
两
俩〔倆〕 唡〔啢〕 辆〔輛〕 满〔滿〕 瞒〔瞞〕
颟〔顢〕 螨〔蟎〕 魉〔魎〕 懑〔懣〕 蹒〔蹣〕
灵
棂〔欞〕
刘
浏〔瀏〕
龙
陇〔隴〕 泷〔瀧〕 宠〔寵〕 庞〔龐〕 垄〔壟〕
拢〔攏〕 茏〔蘢〕 咙〔嚨〕 珑〔瓏〕 栊〔櫳〕
龚〔龔〕 昽〔曨〕 胧〔朧〕 砻〔礱〕 袭〔襲〕
聋〔聾〕 龚〔龔〕 龛〔龕〕 笼〔籠〕 詟〔讋〕
娄
偻〔僂〕 溇〔漊〕 蒌〔蔞〕 搂〔摟〕 嵝〔嶁〕
喽〔嘍〕 缕〔縷〕 屡〔屢〕 数〔數〕 楼〔樓〕
瘘〔瘻〕 褛〔褸〕 窭〔窶〕 瞜〔瞜〕 镂〔鏤〕
屦〔屨〕 蝼〔螻〕 篓〔簍〕 耧〔耬〕 薮〔藪〕
擞〔擻〕 髅〔髏〕

160

卢

泸〔瀘〕 垆〔壚〕 栌〔櫨〕 轳〔轤〕 胪〔臚〕

鸬〔鸕〕 颅〔顱〕 舻〔艫〕 鲈〔鱸〕

虏

掳〔擄〕

卤

鹾〔鹺〕

录

箓〔籙〕

虑

滤〔濾〕 摅〔攄〕

仑

论〔論〕 伦〔倫〕 沦〔淪〕 抢〔掄〕 囵〔圇〕

纶〔綸〕 轮〔輪〕 瘪〔癟〕

罗

萝〔蘿〕 啰〔囉〕 逻〔邏〕 猡〔玀〕 椤〔欏〕

锣〔鑼〕 箩〔籮〕

马

冯〔馮〕 驭〔馭〕 闯〔闖〕 吗〔嗎〕 犸〔獁〕

驮〔馱〕 驰〔馳〕 驯〔馴〕 妈〔媽〕 玛〔瑪〕

驱〔驅〕 驳〔駁〕 码〔碼〕 驼〔駝〕 驻〔駐〕

驵〔駔〕 驾〔駕〕 驿〔驛〕 驹〔駒〕 驶〔駛〕

驹〔駒〕 骀〔駘〕 骀〔駘〕 驸〔駙〕 驽〔駑〕

骂〔罵〕 蚂〔螞〕 笃〔篤〕 骇〔駭〕 骈〔駢〕

骁〔驍〕 骄〔驕〕 骅〔驊〕 骆〔駱〕 骊〔驪〕

骋〔騁〕 验〔驗〕 骏〔駿〕 骎〔駸〕 骑〔騎〕

骐〔騏〕 骒〔騍〕 雏〔雛〕 骖〔驂〕 骗〔騙〕

骘〔騭〕 骛〔騖〕 骚〔騷〕 骞〔騫〕 骜〔驁〕

蓦〔驀〕 腾〔騰〕 骝〔騮〕 骟〔騸〕 骠〔驃〕

骢〔驄〕 骡〔騾〕 羁〔羈〕 骤〔驟〕 骥〔驥〕
骧〔驤〕

买

荬〔蕒〕

卖

读〔讀〕 渎〔瀆〕 续〔續〕 椟〔櫝〕 觌〔覿〕
赎〔贖〕 犊〔犢〕 牍〔牘〕 窦〔竇〕 黩〔黷〕

麦

唛〔嘜〕 麸〔麩〕

门

闩〔閂〕 闪〔閃〕 们〔們〕 闭〔閉〕 闶〔閌〕
问〔問〕 扪〔捫〕 闱〔闈〕 闵〔閔〕 闷〔悶〕
闰〔閏〕 闲〔閑〕 间〔間〕 闹〔鬧〕 闸〔閘〕
钔〔鍆〕 阁〔閣〕 闺〔閨〕 闻〔聞〕 闼〔闥〕
闽〔閩〕 闾〔閭〕 阃〔閫〕 闸〔閘〕 阁〔閣〕
阀〔閥〕 润〔潤〕 涧〔澗〕 悯〔憫〕 阆〔閬〕
阅〔閱〕 阄〔鬮〕 阉〔閹〕 阊〔閶〕 娴〔嫻〕
阏〔閼〕 阈〔閾〕 阉〔閹〕 阊〔閶〕 阍〔閽〕
阋〔鬩〕 阅〔閱〕 阐〔闡〕 阎〔閻〕 焖〔燜〕
阑〔闌〕 裥〔襇〕 阔〔闊〕 痫〔癇〕 鹇〔鷳〕
阒〔闃〕 阕〔闋〕 搁〔擱〕 铜〔鍘〕 锏〔鐧〕
阙〔闕〕 阓〔闠〕 阗〔闐〕 楣〔欄〕 简〔簡〕
谰〔讕〕 阚〔闞〕 蔺〔藺〕 澜〔瀾〕 斓〔斕〕
镧〔鑭〕 锏〔鐧〕 躏〔躪〕

黾

渑〔澠〕 绳〔繩〕 鼋〔黿〕 蝇〔蠅〕 鼍〔鼉〕

难

傩〔儺〕 滩〔灘〕 摊〔攤〕 瘫〔癱〕

乌

凫〔鳧〕 鸠〔鳩〕 岛〔島〕 茑〔蔦〕 鸢〔鳶〕
呜〔嗚〕 枭〔梟〕 鸩〔鴆〕 鸦〔鴉〕 鸤〔鳲〕
鸥〔鷗〕 鸰〔鴒〕 鸽〔鴿〕 鸾〔鸞〕 鸶〔鷥〕
鸪〔鴣〕 搗〔搗〕 鸫〔鶇〕 鸬〔鸕〕 鸭〔鴨〕
鸯〔鴦〕 鸮〔鴞〕 鸱〔鴟〕 鸧〔鶬〕 鸳〔鴛〕
鸵〔鴕〕 袅〔裊〕 鸥〔鷗〕 鸷〔鷙〕 鸢〔鶯〕
鸡〔雞〕 鸿〔鴻〕 鸶〔鷥〕 鸸〔鴯〕 鹙〔鶖〕
鸼〔鵃〕 鸽〔鴿〕 鸹〔鴰〕 鸺〔鵂〕 鸻〔鴴〕
鹈〔鵜〕 鹏〔鵬〕 鸰〔鴒〕 鹏〔鸝〕 鹃〔鵑〕
鸽〔鴿〕 鹄〔鵠〕 鹅〔鵝〕 鹑〔鶉〕 鹏〔鵬〕
鹊〔鵲〕 鹀〔鵐〕 鹊〔鵲〕 鹋〔鶓〕 鹌〔鵪〕
鹏〔鵬〕 鸽〔鴿〕 鹟〔鶲〕 鹕〔鶘〕 鹖〔鶡〕
鹉〔鵡〕 鹗〔鶚〕 鹘〔鶻〕 鸷〔鷙〕 鸷〔鷙〕
鹔〔鷫〕 鹤〔鶴〕 鹈〔鵜〕 鹒〔鶊〕 鹚〔鷀〕
鹏〔鷴〕 鹚〔鷀〕 鹭〔鷺〕 鹦〔鸚〕 鹨〔鷚〕
鸷〔鷙〕 鹚〔鷀〕 鹣〔鶼〕 鹞〔鷂〕 鹰〔鷹〕
鹣〔鶼〕 鹭〔鷺〕 鹏〔鶂〕 鹳〔鸛〕

聂

慑〔懾〕 滠〔灄〕 摄〔攝〕 嗫〔囁〕 镊〔鑷〕
颞〔顳〕 蹑〔躡〕

宁

泞〔濘〕 拧〔擰〕 咛〔嚀〕 狞〔獰〕 柠〔檸〕
聍〔聹〕

农

侬〔儂〕 浓〔濃〕 哝〔噥〕 脓〔膿〕

齐

剂〔劑〕 侪〔儕〕 济〔濟〕 荠〔薺〕 挤〔擠〕
脐〔臍〕 蛴〔蠐〕 跻〔躋〕 霁〔霽〕 鲚〔鱭〕

163

亶〔亹〕
岂
剀〔剴〕 凯〔凱〕 恺〔愷〕 闿〔闓〕 垲〔塏〕
桤〔榿〕 觊〔覬〕 硙〔磑〕 皑〔皚〕 铠〔鎧〕
气
忾〔愾〕 饩〔餼〕
迁
跹〔躚〕
佥
剑〔劍〕 俭〔儉〕 险〔險〕 捡〔撿〕 猃〔獫〕
验〔驗〕 检〔檢〕 殓〔殮〕 敛〔斂〕 脸〔臉〕
裣〔襝〕 睑〔瞼〕 签〔簽〕 潋〔瀲〕 蔹〔蘞〕
乔
侨〔僑〕 挢〔撟〕 荞〔蕎〕 峤〔嶠〕 骄〔驕〕
娇〔嬌〕 桥〔橋〕 轿〔轎〕 硚〔礄〕 矫〔矯〕
鞒〔鞽〕
亲
榇〔櫬〕
穷
茕〔煢〕
区
讴〔謳〕 伛〔傴〕 沤〔漚〕 怄〔慪〕 抠〔摳〕
奁〔奩〕 呕〔嘔〕 岖〔嶇〕 妪〔嫗〕 驱〔驅〕
枢〔樞〕 瓯〔甌〕 欧〔歐〕 殴〔毆〕 鸥〔鷗〕
眍〔瞘〕 躯〔軀〕
啬
蔷〔薔〕 墙〔墻〕 嫱〔嬙〕 樯〔檣〕 穑〔穡〕
杀
铩〔鎩〕

审
谂〔諗〕 婶〔嬸〕

圣
柽〔檉〕 蛏〔蟶〕

师
浉〔溮〕 狮〔獅〕 蛳〔螄〕 筛〔篩〕

时
埘〔塒〕 莳〔蒔〕 鲥〔鰣〕

寿
俦〔儔〕 涛〔濤〕 祷〔禱〕 焘〔燾〕 畴〔疇〕
铸〔鑄〕 筹〔籌〕 踌〔躊〕

属
嘱〔囑〕 瞩〔矚〕

双
㩐〔攂〕

肃
萧〔蕭〕 啸〔嘯〕 潇〔瀟〕 箫〔簫〕 蟏〔蠨〕

岁
刿〔劌〕 哕〔噦〕 秽〔穢〕

孙
荪〔蓀〕 狲〔猻〕 逊〔遜〕

条
涤〔滌〕 绦〔縧〕 鲦〔鰷〕

万
厉〔厲〕 迈〔邁〕 励〔勵〕 疠〔癘〕 虿〔蠆〕
趸〔躉〕 砺〔礪〕 粝〔糲〕 蛎〔蠣〕

为
伪〔偽〕 沩〔潙〕 妫〔嬀〕

韦
讳〔諱〕 伟〔偉〕 闱〔闈〕 违〔違〕 苇〔葦〕
韧〔靭〕 帏〔幃〕 围〔圍〕 纬〔緯〕 炜〔煒〕
袆〔褘〕 玮〔瑋〕 鞁〔韎〕 涠〔潿〕 韩〔韓〕
韫〔韞〕 韪〔韙〕 韬〔韜〕

乌
邬〔鄔〕 坞〔塢〕 呜〔嗚〕 钨〔鎢〕

无
怃〔憮〕 庑〔廡〕 抚〔撫〕 芜〔蕪〕 呒〔嘸〕
妩〔嫵〕

献
谳〔讞〕

乡
芗〔薌〕 飨〔饗〕

写
泻〔瀉〕

寻
浔〔潯〕 荨〔蕁〕 挦〔撏〕 鲟〔鱘〕

亚
垩〔堊〕 垭〔埡〕 挜〔掗〕 哑〔啞〕 娅〔婭〕
恶〔惡、噁〕 氩〔氬〕 壶〔壺〕

严
俨〔儼〕 酽〔釅〕

厌
恹〔懨〕 厣〔厴〕 靥〔靨〕 餍〔饜〕 魇〔魘〕
黡〔黶〕

尧
侥〔僥〕 浇〔澆〕 挠〔撓〕 荛〔蕘〕 峣〔嶢〕
哓〔嘵〕 娆〔嬈〕 骁〔驍〕 绕〔繞〕 饶〔饒〕

166

烧〔燒〕　桡〔橈〕　晓〔曉〕　硗〔磽〕　铙〔鐃〕
翘〔翹〕　蛲〔蟯〕　跷〔蹺〕

业

邺〔鄴〕

页

顶〔頂〕　顷〔頃〕　项〔項〕　顸〔頇〕　顺〔順〕
须〔須〕　颃〔頏〕　烦〔煩〕　顼〔頊〕　顽〔頑〕
顿〔頓〕　颀〔頎〕　颁〔頒〕　颂〔頌〕　倾〔傾〕
预〔預〕　庼〔廎〕　硕〔碩〕　颅〔顱〕　领〔領〕
颈〔頸〕　颇〔頗〕　额〔頟〕　颊〔頰〕　颉〔頡〕
颖〔穎〕　颌〔頜〕　颐〔頤〕　滪〔澦〕　颐〔頤〕
颟〔蕥〕　频〔頻〕　颓〔頹〕　颔〔頷〕　颖〔穎〕
颗〔顆〕　额〔額〕　颜〔顏〕　撷〔擷〕　题〔題〕
颞〔顬〕　颟〔顢〕　缬〔纈〕　瀕〔瀕〕　颠〔顛〕
巅〔巔〕　颢〔顥〕　颡〔顙〕　嚣〔囂〕　颢〔顥〕
颤〔顫〕　巅〔巔〕　颥〔額〕　癫〔癲〕　灏〔灝〕
颦〔顰〕　颧〔顴〕

义

议〔議〕　仪〔儀〕　蚁〔蟻〕

艺

呓〔囈〕

阴

荫〔蔭〕

隐

瘾〔癮〕

犹

莸〔蕕〕

鱼

鱽〔魛〕　渔〔漁〕　鲂〔魴〕　鱿〔魷〕　鲁〔魯〕

鲎〔鱟〕 蓟〔薊〕 鲆〔鮃〕 鲅〔鮁〕 鲏〔鮍〕

鲈〔鱸〕 鲇〔鮎〕 鲊〔鮓〕 鲋〔鮒〕 鲥〔鰤〕

鲐〔鮐〕 鲍〔鮑〕 鲒〔鮚〕 鲞〔鯗〕 鲝〔鮺〕

鲚〔鱭〕 鲛〔鮫〕 鲜〔鮮〕 鲑〔鮭〕 鲒〔鮚〕

鲔〔鮪〕 鲟〔鱘〕 鲖〔鮦〕 鲖〔鮦〕 鲙〔鱠〕

鲨〔鯊〕 鲁〔嚕〕 鲡〔鱺〕 鲠〔鯁〕 鲢〔鰱〕

鲫〔鯽〕 鲥〔鰤〕 鲩〔鯇〕 鲣〔鰹〕 鲤〔鯉〕

鲦〔鰷〕 鲧〔鯀〕 橹〔櫓〕 毱〔毲〕 鲸〔鯨〕

鲭〔鯖〕 鲮〔鯪〕 鲰〔鯫〕 鲲〔鯤〕 缁〔緇〕

鲳〔鯧〕 鲱〔鯡〕 鲵〔鯢〕 鲷〔鯛〕 鲶〔鯰〕

藓〔蘚〕 鲻〔鯔〕 鲯〔鯕〕 鳇〔鰉〕 鳊〔鯿〕

鲽〔鰈〕 鳁〔鰮〕 鳃〔鰓〕 鳄〔鱷〕 镥〔鑥〕

鳅〔鰍〕 鳆〔鰒〕 鳇〔鰉〕 鳌〔鰲〕 歔〔歔〕

螣〔螣〕 鳒〔鰜〕 鳍〔鰭〕 鳎〔鰨〕 鳏〔鰥〕

鳑〔鰟〕 癣〔癬〕 鳖〔鱉〕 鳙〔鱅〕 鳎〔鰨〕

鳕〔鱈〕 鳔〔鰾〕 鳓〔鰳〕 鳌〔鰲〕 鳗〔鰻〕

鳝〔鱔〕 鳟〔鱒〕 鳞〔鱗〕 鳜〔鱖〕 鳝〔鱣〕

鳢〔鱧〕

与

屿〔嶼〕 欤〔歟〕

云

芸〔蕓〕 昙〔曇〕 叆〔靉〕 叇〔靆〕

郑

掷〔擲〕 踯〔躑〕

执

垫〔墊〕 挚〔摯〕 贽〔贄〕 鸷〔鷙〕 蛰〔蟄〕

絷〔縶〕

质

锧〔鑕〕 踬〔躓〕

168

专

传〔傳〕 抟〔摶〕 转〔轉〕 肺〔膞〕 砖〔磚〕

啭〔囀〕

讠

计〔計〕 订〔訂〕 讣〔訃〕 讥〔譏〕 议〔議〕

讨〔討〕 讧〔訌〕 讦〔訐〕 记〔記〕 讯〔訊〕

讪〔訕〕 训〔訓〕 讫〔訖〕 访〔訪〕 讶〔訝〕

讳〔諱〕 讵〔詎〕 讴〔謳〕 诀〔訣〕 讷〔訥〕

设〔設〕 讽〔諷〕 讹〔訛〕 䜣〔訢〕 许〔許〕

论〔論〕 讼〔訟〕 讻〔訩〕 诂〔詁〕 诃〔訶〕

评〔評〕 诏〔詔〕 词〔詞〕 译〔譯〕 诎〔詘〕

诇〔詗〕 诅〔詛〕 识〔識〕 诌〔謅〕 诋〔詆〕

诉〔訴〕 诈〔詐〕 诊〔診〕 诒〔詒〕 诨〔諢〕

该〔該〕 详〔詳〕 诧〔詫〕 诓〔誆〕 诖〔詿〕

诘〔詰〕 诙〔詼〕 试〔試〕 诗〔詩〕 诩〔詡〕

诤〔諍〕 诠〔詮〕 诛〔誅〕 诔〔誄〕 诟〔詬〕

诣〔詣〕 话〔話〕 诡〔詭〕 询〔詢〕 诚〔誠〕

诞〔誕〕 浒〔滸〕 诮〔誚〕 说〔說〕 诫〔誡〕

诬〔誣〕 诳〔誑〕 诵〔誦〕 罚〔罰〕 误〔誤〕

诰〔誥〕 诳〔誆〕 诱〔誘〕 诲〔誨〕 诶〔誒〕

狱〔獄〕 谊〔誼〕 谅〔諒〕 谈〔談〕 谆〔諄〕

谛〔譖〕 谇〔誶〕 请〔請〕 诺〔諾〕 诸〔諸〕

读〔讀〕 诼〔諑〕 诹〔諏〕 课〔課〕 诽〔誹〕

诿〔諉〕 谁〔誰〕 谀〔諛〕 调〔調〕 谄〔諂〕

谂〔諗〕 谛〔諦〕 谙〔諳〕 谜〔謎〕 谚〔諺〕

谝〔諞〕 谘〔諮〕 谌〔諶〕 谎〔謊〕 谋〔謀〕

谍〔諜〕 谐〔諧〕 谏〔諫〕 谞〔諝〕 谑〔謔〕

谒〔謁〕 谔〔諤〕 谓〔謂〕 谖〔諼〕 谕〔諭〕

谥〔謚〕 谤〔謗〕 谦〔謙〕 谧〔謐〕 谟〔謨〕

谠〔讜〕 谡〔謖〕 谢〔謝〕 谣〔謠〕 储〔儲〕
谪〔謫〕 谫〔譾〕 谨〔謹〕 谬〔謬〕 谩〔謾〕
谱〔譜〕 谮〔譖〕 谭〔譚〕 谰〔讕〕 谲〔譎〕
谯〔譙〕 蔼〔藹〕 楮〔楮〕 谴〔譴〕 谵〔譫〕
谶〔讖〕 辩〔辯〕 谦〔譧〕 雠〔讎〕 谳〔讞〕
霭〔靄〕

饣

饥〔饑〕 饦〔飥〕 饧〔餳〕 饨〔飩〕 饭〔飯〕
饮〔飲〕 饫〔飫〕 饩〔餼〕 饪〔飪〕 饬〔飭〕
饲〔飼〕 饯〔餞〕 饰〔飾〕 饱〔飽〕 饴〔飴〕
饳〔飿〕 饸〔餄〕 饷〔餉〕 饺〔餃〕 饻〔餏〕
饼〔餅〕 饵〔餌〕 饶〔饒〕 蚀〔蝕〕 饹〔餎〕
饽〔餑〕 馁〔餒〕 饿〔餓〕 馆〔館〕 馄〔餛〕
馃〔餜〕 馅〔餡〕 馎〔餑〕 馇〔餷〕 馈〔饋〕
馊〔餿〕 馓〔饊〕 馍〔饃〕 馎〔餺〕 馏〔餾〕
馑〔饉〕 馒〔饅〕 馓〔饊〕 馔〔饌〕 馕〔饢〕

𰁂

汤〔湯〕 扬〔揚〕 场〔場〕 旸〔暘〕 饧〔餳〕
炀〔煬〕 杨〔楊〕 肠〔腸〕 疡〔瘍〕 砀〔碭〕
畅〔暢〕 钖〔鍚〕 殇〔殤〕 荡〔蕩〕 烫〔燙〕
觞〔觴〕

纟

丝〔絲〕 纠〔糾〕 纩〔纊〕 纤〔纖〕 纣〔紂〕
红〔紅〕 纪〔紀〕 纫〔紉〕 纥〔紇〕 约〔約〕
纨〔紈〕 级〔級〕 纺〔紡〕 纹〔紋〕 纬〔緯〕
纭〔紜〕 纯〔純〕 纰〔紕〕 纽〔紐〕 纳〔納〕
纲〔綱〕 纱〔紗〕 纴〔紝〕 纷〔紛〕 纶〔綸〕
纸〔紙〕 纵〔縱〕 纾〔紓〕 纠〔絧〕 唦〔嗦〕
绊〔絆〕 线〔綫〕 绀〔紺〕 绁〔紲〕 绂〔紱〕

170

绋〔紼〕　绎〔繹〕　经〔經〕　绍〔紹〕　组〔組〕
细〔細〕　绌〔紬〕　绅〔紳〕　织〔織〕　绌〔絀〕
终〔終〕　绉〔縐〕　绐〔紿〕　哟〔喲〕　泾〔涇〕
荮〔葤〕　茎〔莖〕　绞〔絞〕　统〔統〕　绒〔絨〕
绕〔繞〕　绮〔綺〕　结〔結〕　绗〔絎〕　给〔給〕
绘〔繪〕　绝〔絕〕　绛〔絳〕　络〔絡〕　绚〔絢〕
绑〔綁〕　莼〔蒓〕　绠〔綆〕　绨〔綈〕　绡〔綃〕
绢〔絹〕　绣〔綉〕　绥〔綏〕　绦〔縧〕　骛〔鶩〕
综〔綜〕　绽〔綻〕　绾〔綰〕　绻〔綣〕　绩〔績〕
绫〔綾〕　绪〔緒〕　续〔續〕　绮〔綺〕　缀〔綴〕
绿〔綠〕　绰〔綽〕　绲〔緄〕　绳〔繩〕　绯〔緋〕
绶〔綬〕　绸〔綢〕　绷〔綳〕　绐〔絡〕　维〔維〕
绵〔綿〕　缁〔緇〕　缔〔締〕　编〔編〕　缕〔縷〕
缃〔緗〕　缂〔緙〕　缅〔緬〕　缘〔緣〕　缉〔緝〕
缇〔緹〕　纱〔紗〕　缗〔緡〕　缊〔縕〕　缌〔緦〕
缆〔纜〕　缓〔緩〕　缄〔緘〕　缑〔緱〕　缒〔縋〕
缎〔緞〕　缏〔緶〕　缭〔繚〕　缤〔繽〕　缟〔縞〕
缣〔縑〕　缢〔縊〕　缚〔縛〕　缙〔縉〕　缛〔縟〕
缜〔縝〕　缝〔縫〕　缡〔縭〕　潍〔濰〕　缩〔縮〕
缥〔縹〕　缪〔繆〕　缦〔縵〕　缨〔纓〕　缫〔繅〕
缧〔縲〕　缊〔縕〕　缮〔繕〕　缯〔繒〕　缬〔纈〕
缭〔繚〕　橼〔櫞〕　缰〔繮〕　缳〔繯〕　缲〔繰〕
缱〔繾〕　缴〔繳〕　辫〔辮〕　缵〔纘〕

𝔦 (坚)

坚〔堅〕　贤〔賢〕　肾〔腎〕　竖〔豎〕　悭〔慳〕
紧〔緊〕　铿〔鏗〕　鲣〔鰹〕

艹

劳〔勞〕　茕〔煢〕　茔〔塋〕　荧〔熒〕　荣〔榮〕
荥〔滎〕　荦〔犖〕　涝〔澇〕　崂〔嶗〕　莹〔瑩〕

捞〔撈〕　唠〔嘮〕　莺〔鶯〕　萤〔螢〕　营〔營〕
萦〔縈〕　痨〔癆〕　嵘〔嶸〕　锊〔鋝〕　耢〔耮〕
蝾〔蠑〕

收

览〔覽〕　揽〔攬〕　缆〔纜〕　榄〔欖〕　鉴〔鑒〕

只

识〔識〕　帜〔幟〕　织〔織〕　炽〔熾〕　职〔職〕

钅

钆〔釓〕　钇〔釔〕　钉〔釘〕　钋〔釙〕　钌〔釕〕
针〔針〕　钊〔釗〕　钗〔釵〕　钎〔釺〕　钓〔釣〕
钏〔釧〕　钍〔釷〕　钐〔釤〕　钒〔釩〕　钖〔鍚〕
钕〔釹〕　钔〔鍆〕　钬〔鈥〕　钫〔鈁〕　钚〔鈈〕
钘〔鈃〕　钪〔鈧〕　钯〔鈀〕　钭〔鈄〕　钙〔鈣〕
钝〔鈍〕　钛〔鈦〕　钣〔鈑〕　钮〔鈕〕　钞〔鈔〕
钢〔鋼〕　钠〔鈉〕　钡〔鋇〕　铃〔鈴〕　钧〔鈞〕
钩〔鉤〕　钦〔欽〕　钨〔鎢〕　铋〔鉍〕　钰〔鈺〕
钱〔錢〕　钲〔鉦〕　钳〔鉗〕　钴〔鈷〕　钺〔鉞〕
钵〔缽〕　钹〔鈸〕　钼〔鉬〕　钾〔鉀〕　铀〔鈾〕
钿〔鈿〕　铎〔鐸〕　钹〔鏺〕　铃〔鈴〕　铅〔鉛〕
铂〔鉑〕　铄〔鑠〕　铆〔鉚〕　铍〔鈹〕　钶〔鈳〕
铊〔鉈〕　钽〔鉭〕　铌〔鈮〕　钜〔鉅〕　铈〔鈰〕
铉〔鉉〕　铒〔鉺〕　铑〔銠〕　铕〔銪〕　铟〔銦〕
铷〔銣〕　铯〔銫〕　铥〔銩〕　铪〔鉿〕　铞〔銱〕
铫〔銚〕　铵〔銨〕　衔〔銜〕　铲〔鏟〕　铰〔鉸〕
铳〔銃〕　铱〔銥〕　铛〔鐺〕　铗〔鋏〕　铐〔銬〕
铏〔鉶〕　铙〔鐃〕　银〔銀〕　铛〔鐺〕　铜〔銅〕
铝〔鋁〕　铡〔鍘〕　铠〔鎧〕　铨〔銓〕　铢〔銖〕
铣〔銑〕　铤〔鋌〕　铭〔銘〕　铬〔鉻〕　铮〔錚〕
铧〔鏵〕　铩〔鎩〕　揿〔撳〕　锌〔鋅〕　锐〔銳〕

锑〔銻〕　银〔銀〕　铺〔鋪〕　铸〔鑄〕　嵚〔嶔〕
锓〔鋟〕　铤〔鋌〕　链〔鏈〕　铿〔鏗〕　锏〔鐧〕
销〔銷〕　锁〔鎖〕　锄〔鋤〕　锅〔鍋〕　锉〔銼〕
锈〔銹〕　锋〔鋒〕　锆〔鋯〕　锊〔鋝〕　锔〔鋦〕
锕〔錒〕　铜〔銅〕　铽〔鋱〕　铼〔錸〕　锇〔鋨〕
锂〔鋰〕　锧〔鑕〕　锘〔鍩〕　锞〔錁〕　锭〔錠〕
锗〔鍺〕　锝〔鍀〕　锫〔錇〕　错〔錯〕　锚〔錨〕
锛〔錛〕　锯〔鋸〕　锰〔錳〕　锢〔錮〕　锟〔錕〕
锡〔錫〕　锣〔鑼〕　锤〔錘〕　锥〔錐〕　锦〔錦〕
锨〔鍁〕　锱〔錙〕　键〔鍵〕　镀〔鍍〕　镃〔鎡〕
镁〔鎂〕　镂〔鏤〕　锲〔鍥〕　锵〔鏘〕　锷〔鍔〕
锶〔鍶〕　锴〔鍇〕　锾〔鍰〕　锹〔鍬〕　锿〔鎄〕
锩〔錈〕　镅〔鎇〕　锻〔鍛〕　锸〔鍤〕　锼〔鎪〕
镎〔鎿〕　镓〔鎵〕　铠〔鎧〕　镔〔鑌〕　镒〔鎰〕
镇〔鎮〕　镍〔鎳〕　镌〔鐫〕　镏〔鎦〕　镜〔鏡〕
镝〔鏑〕　镛〔鏞〕　镞〔鏃〕　镖〔鏢〕　镐〔鎬〕
镗〔鏜〕　镨〔鐠〕　镘〔鏝〕　镙〔鏍〕　镦〔鐓〕
镚〔鏰〕　镧〔鑭〕　镤〔鏷〕　镥〔鑥〕　镩〔鑹〕
镢〔鐝〕　镣〔鐐〕　镫〔鐙〕　镪〔鏹〕　镰〔鐮〕
镱〔鐿〕　镭〔鐳〕　镬〔鑊〕　镮〔鐶〕　镯〔鐲〕
镲〔鑔〕　镳〔鑣〕　镴〔鑞〕　镶〔鑲〕　镈〔鑮〕

⺌
尝〔嘗〕　学〔學〕　觉〔覺〕　搅〔攪〕　誉〔譽〕
鲎〔鱟〕　黉〔黌〕

𦍌
译〔譯〕　泽〔澤〕　怿〔懌〕　择〔擇〕　峄〔嶧〕
绎〔繹〕　驿〔驛〕　铎〔鐸〕　萚〔蘀〕　释〔釋〕
箨〔籜〕

圣
劲〔勁〕 到〔到〕 陉〔陘〕 泾〔涇〕 茎〔莖〕
径〔徑〕 经〔經〕 烃〔烴〕 轻〔輕〕 氢〔氫〕
胫〔脛〕 痉〔痙〕 羟〔羥〕 颈〔頸〕 巰〔巰〕
亦
变〔變〕 弯〔彎〕 孪〔孿〕 峦〔巒〕 娈〔孌〕
恋〔戀〕 栾〔欒〕 挛〔攣〕 鸾〔鸞〕 湾〔灣〕
蛮〔蠻〕 脔〔臠〕 滦〔灤〕 銮〔鑾〕
呙
剐〔剮〕 涡〔渦〕 埚〔堝〕 喎〔喎〕 萵〔萵〕
娲〔媧〕 祸〔禍〕 腡〔膈〕 窝〔窩〕 锅〔鍋〕
蜗〔蝸〕

174

生活・消費

一刀切

■大陸用語

一刀切

■大陸造句

　　大陸正處在一個影響深遠的發展關口前，為順利通過這個關口而實施的宏觀調控亦處在節骨眼上。儘管中央為控制部分行業過熱而使出了一些強硬政策，但形勢並不樂觀，關鍵是一些地方政府和企業過於強調自己的特殊性，只盯著區別對待、不搞「一刀切」，在認識上、思想上、行動上，未能有效地與中央的部署協調一致。

■用語釋義

　　大陸這個用語非常具象，一刀切下去自然清清楚楚，不會拖泥帶水，比喻以同一方式或標準處理問題，不會因地制宜、不顧實際情況。

■台灣同義詞

　　硬性規定

一次性筷子

■大陸用語

一次性筷子

■大陸造句

使用「一次性筷子」讓我們感受到的是方便與衛生。

■用語釋義

「一次性」產品，意指使用一次後即可丟棄的用品。如一次性筷子、一次性紙碟、一次性紙杯、一次性 PE 手手套，一次性 PE 桌布，一次性 PE 圍裙等，在台灣則指免洗筷、免洗褲、免洗襪等產品。使用「一次性」產品可以減少傳染性疾病流行，然而生產和使用一次性產品，將消耗大量資源，因此環保人士呼籲民眾少用「一次性」產品。

在大陸有關「一次性」的語詞用法廣泛，包括許多一次（或少數次數）性事務，都加上一次性的用法，如一次性補償。

■台灣同義詞

免洗筷

大氣候

■大陸用語

大气候

■大陸造句

在「大氣候」的趨勢之下，我們應重視當下，共創未來，積極面對，對自己有信心。

■用語釋義

氣候指的是天候狀況，諸如有時刮風，有時下雨，有時又是晴空萬里，這種自然天候的狀況有如社會環境中的變化，大陸領導人乃以大小氣候比喻國際或區域各種政治、經濟、軍事環境的現狀，如「國際大氣候」很好，即是指國際關係和諧，對己有利的意思。

■台灣同義詞

大環境

大腕

大腕

大陸南方罕見雪災襲擊內地 20 多天，波及 18 省之上億民眾。然而，無情風雪亦喚起內地民眾一方有難、八方支援、團結互助、眾志成城的精神風尚。時下，與抗災、救災同樣引人關注的是，全國「大腕」動員，賑災義演連台，來自各界自發的愛心賑災行動正在各地上演。

「大腕」是什麼意思？台灣用語中，幾乎沒有同義詞。勉強沾得到邊的是有實力的人士，這包括政治、財力等方面，如有政治實力的知名人士。

大陸改革開放以來，社會經濟文化快速發展，「大腕」一詞已成慣用詞。《現代漢語詞典》1996 年修訂時，即增收了「大腕」詞條，意指有名氣、有實力的人（多指文藝界人士）。當前，幾乎各界名人均可稱為「大腕」了，諸如「足球大腕」、「圍棋大腕」等等。

　　「大腕」不只是代名詞，甚至成了形容詞，如「大腕導演」、「大腕記者」、「大腕作家」之類。

■台灣同義詞

　　大咖（大腳）、重量級人士

大款

■大陸用語

大款

■大陸造句

一日中午,山東一男子自稱「大款」,在助手的陪伴下,駕車來到山東大學東校區「擺攤徵婚」。不料,徵婚的牌子剛掛出不久,他們便遭到一群女生的奚落。尷尬中,「大款」倉促收攤離開校園。

■用語釋義

腰纏萬貫、講究排場的有錢人。

■台灣同義詞

闊人或有錢人

三陪

■**大陸用語**

三陪

■**大陸造句**

通過手機發佈各類小廣告已不是新鮮事，然而，有人居然打著掛牌五星級酒店的旗號公然招聘「三陪小姐」。

■**用語釋義**

大陸色情行業方興未艾，豔旗高掛，花樣不少。早期流行所謂陪歌、陪舞、陪酒的「三陪」。從事該行業的女性即為三陪小姐。

這幾年，社會上陪舞、陪酒、陪歌的「三陪」現象有所收斂，然而，另一種「三陪」，即官場上陪吃、陪會、陪玩，卻愈演愈烈。這官場「新三陪」打著的是下基層、調研、開會、辦公等名義，比起「老三陪」，形式更隱蔽，內容更寬泛，完全包含了「老三陪」的內容，敗壞政風危害更嚴重。

■**台灣同義詞**

特種行業小姐

土豆

■大陸用語

土豆

■大陸造句

大陸首屈一指的食品產業門戶「中國食品產業網」，提供食品行業資訊、食品交易市場、食品企業信息等服務。市場行情頻道提供了最新「土豆」批發價格和行情價格，供民眾查詢。

■用語釋義

這裡指的「土豆」可不是台灣的花生，到大陸可別買花生買成了馬鈴薯，那可要鬧出笑話。大陸大部分地區的「土豆」，意指馬鈴薯，「土豆」是方言說法，又稱馬鈴薯、洋芋、山藥蛋、薯仔（香港、廣州人的慣稱）等。塊莖可供食用，是重要的糧食、蔬菜兼用作物。主要分佈在南美洲的安第斯山脈及其附近沿海一帶的溫帶和亞熱帶地區。土豆產量高，營養豐富，對環境的適應性較強，現已遍佈世界各地，熱帶和亞熱帶國家甚至在冬季或涼爽季節也可栽培並獲得較高產量。

■台灣同義詞

馬鈴薯

上綱

■大陸用語

上纲

■大陸造句

大陸中央電視台《晚間新聞》在一段國際快訊尚未播時，導播就將畫面切回了主持人，而女主持人正在低頭擦臉補妝，補妝畫面被播出後，有網友認為是重大疏失，是政治事故，認為 CCTV 代表國家最高媒體，犯這種錯有損國家媒體形象。然而，這真的罪不可赦？難道有天塌下來之虞？我倒不以為然，認為不必對央視主持補妝畫面「上綱上線」。

■用語釋義

「上綱上線」也簡稱「上綱」，更有延伸「無限上綱」的用法，某種程度上來說是借題發揮、無中生有，把一般問題、非原則問題，也當作原則問題看待、處理，使其顯現出特別的嚴重性，便於指控對手莫須有罪名。

「上綱上線」是文化大革命時期認識方法和工作方法的集中表現。文化大革命時，凡被認為是反革命份子、資產階級等的人士，不論他們做什麼行為，都會被狠批，即是只是一件小事，或者只是說了一句無傷大雅的玩笑，

仍會被人以豐富的想像力，無限擴大成嚴重惡行，然後被公眾狠批，並嚴厲對待。

　　「上綱上線」作為思想方法、話語方式，在文化大革命以「以鬥爭為綱」的情勢下，越是敢於上綱上線，才能站穩政治正確的立場，政治前途越遠大，越能得到重用。目前兩岸政治術語仍然沿用「上綱上線」的說法，台灣比較慣用「無限上綱」，諸如不要把某事「無限上綱」。

■台灣同義詞

　　擴大事端

方便麵

■大陸用語

方便面

■大陸造句

康師傅、統一、日清等「方便麵」在一片漲聲之後，如今價格又在促銷的名義下相繼開始回落。……此前，北京幾家大超市的「方便麵」價格也有不同幅度的下調。

■用語釋義

對忙碌的現代人來說，方便麵已是人們生活中不可或缺的食品。方便麵是誰發明的爭議很多，大陸流傳說，最早製作方便麵的，是揚州一位伊姓知府家中的廚子。他把麵粉中加入雞蛋，桿成薄片，切成細絲，放水中煮過，立刻再放入油中炸過晾乾，處理過的麵條放在熱水中隨時可以泡軟，食用非常方便，因此稱為方便麵。

■台灣同義詞

泡麵

不達標者

■大陸用語

不达标者

■大陸造句

年輕是寶、學歷是金,成了提拔升遷的硬槓槓。但僵化理解,偏頗執行,也令某些「不達標者」動起歪腦筋。膽子大的,飛赴國外高校以公款鍍金;位低權輕的,也得辦個假證看齊充數;懶得親自出馬的,派秘書、親信上課、替考。

■用語釋義

大陸職場、官場常以學歷做為取才標準,為能達到升遷標準,某些人不惜打假造學歷。因此假證件橫行於大陸職場及市場,可說是出個價就有,比起派秘書、親信上課、替考快得多。

■台灣同義詞

未達標準

公交車

■大陸用語

公交车

■大陸造句

某縣教委曾為了節能減排推出一項舉措：教委機關幹部及工作人員因公務外出，凡乘坐「公交車」者每次可獲 30 元獎勵。該縣地處京郊，教委的幹部及工作人員經常要到城區開會或參加活動，如果單位派車，一輛車連汽油帶交的費用平均每次 230 元左右。而乘坐「公交車」每人每次的交通費僅為 20 多元，每人一次可節省200 多元。為此，教委為每個科室統一發放了市政公交一卡通，鼓勵幹部公出時乘坐「公交車」。

■用語釋義

「公交車」即是公共交通車的簡稱。交通車在台灣有單位專屬客用車輛的意思，有別於商用的客運汽車。大陸公共交通車則指商用的客運汽車，即台灣俗稱的公車。而文中所指公交一卡通與台灣悠遊卡類似。

■台灣同義詞

公車

出租車

■大陸用語

出租车

■大陸造句

上海為防止「出租車」對乘客選擇性服務，今後上海市部分打車軟件將取消巡遊出租車司機端顯示乘客目的地的功能。屆時，司機只能看到相關訂單的起始地位置。對於習慣挑乘客的司機來說，這並不是一個好消息。

■用語釋義

「出租車」明白表示車子供租用。供租用車輛有許多種類，客運、貨運、大型、中型、小型等。大陸所稱的「出租車」，一般指的是小型客運車，即台灣所謂的「計程車」。出租車亦有稱「的士」，係直接翻譯英文而來。

■台灣同義詞

計程車

出 口

■大陸用語

出口

■大陸造句

改革開放以來，就業渠道大開，就業的「出口」大大增加，國家也採用各種政策加以引導，比如鼓勵大學生到偏遠地區工作，到農村等艱苦地方工作，鼓勵他們自創公司自謀職業，去民企外企工作等。但儘管如此，就業趨向仍是一個社會風向標。

■用語釋義

貨物由本國運到外國叫「出口」。此處為口語化的用法，「出口」有疏導管道之意。

■台灣同義詞

渠道

立交橋

■大陸用語

　立交桥

■大陸造句

　晨間，「立交橋」上發生了特大號車禍。

■用語釋義

　　大陸最初的立體交叉式道路，隨著修建城市道路、跨河橋而產生的。1959 年湖北省武漢市修建江漢一橋時，利用橋頭邊孔供濱河路通過，建成大陸第一座半苜蓿葉形立交。1965 年北京修建京密引水渠時，在三條主要幹道與濱河路相交處，建成三座同樣形式的立交。廣東省廣州市於 1964 年利用修建道路與鐵路立交的條件，建成大陸第一座環形大北立交橋，之後又於 1983 年建成大陸第一座完全分行的四層式區莊立交橋。

■台灣同義詞

　　車行陸橋、高架橋

立馬

■大陸用語

立马

■大陸造句

文學獎爆抄襲，去年新詩首獎得主疑累犯，不少網友「立馬」看出了門道，經比對，抄襲獲獎似乎不只一件，引發熱議，抄襲者如同無根之木，站不住腳。相關單位表示未來除追回獎金和獎狀，也將限制未來不得參賽。

■用語釋義

立刻、馬上的意思。

■台灣同義詞

立刻

打橫炮

■大陸用語

打橫炮

■大陸造句

他要求幹部們要說了算，定了幹，一步一個腳印，決不失信於民！誰也不準出別的花點子，誰也不許「打橫炮」。

■用語釋義

擾亂原本已安排好的事。

■台灣同義詞

攪局

打白條

■大陸用語

打白条

■大陸造句

三輪車夫表示，他們幾乎都被交通稽查人員抓過車、罰過款、收過費，有些稽查人員收費不開收據「打白條子」，還有的收費不給任何字據，只記下交錢人的電話和姓名。如果車被扣住了，車主就給這些稽查人員打電話，只要交錢得到他們認可的，車立馬就會放行，有時車主手裡拿著「白條子」也好使。有些「白條子」寫著：此車主是我朋友親屬，請各位、各組予以照顧放行，多謝。

■用語釋義

所謂「白條子」即是白紙欠條。大陸各地方政府收購農產品，因財政拮据未能友付現款，只給一張白紙欠條，就是著名的「打白條」。

大陸農村在 1987 年開始出現「打白條」現象，隨問題愈形惡化，嚴重時，差點逼得全國農民起來造反，也迫使江澤民等出面，警告糧食收購部門對日趨猖獗的欺農行為要有所收斂。

打白條後來有多種衍生用法，除了作為欠條使用外，還可做收據，如前例造句。大陸除了「白條子」外，還有所謂「綠條子」，是指在外工作的子弟，給在農村老家的老父母寄點錢，基層郵局為了自己的利益攬儲，不肯按時足額支付，強迫取款人把該款存入一段時間。

■台灣同義詞

欠條、非正式收據

包二奶

■大陸用語

包二奶

■大陸造句

包養一個「二奶」竟是如此容易：只要你有錢，照著廣告上的號碼撥打一個電話，不用報你的姓名和身份，即可包養一個女子。

■用語釋義

包二奶是近十幾年來大陸耳熟能詳的名詞，指的是在元配外，養情婦的行為。有人認為這屬道德行為，違紀違規而不違法，不過卻隱然成為社會問題，非正式統計，約有五十二萬名的港人在大陸有私生子，這自然是包二奶的結果。兩岸交流日趨頻繁，台商及台幹在大陸包二奶風氣的盛行，對台灣元配及子女衝擊頗大。

■台灣同義詞

養情婦

老抽

■大陸用語

老抽

■大陸造句

許多消費者不清楚什麼是「老抽」，什麼是生抽？它們怎麼使用？做菜時，老抽生抽無所謂，隨便放一點。

■用語釋義

「生抽」和「老抽」是沿用廣東地區的習慣性稱呼而來，「抽」就是提取的意思，生抽和老抽都是釀造的醬油。它們的區別在於生抽是以優質的黃豆和麵粉為原料，經發酵成熟後提取而成；而老抽是在生抽中加入焦糖色，經特別工藝製成的濃色醬油，適合肉類增色之用。

■台灣同義詞

醬油

西紅柿

■大陸用語

西紅柿

■大陸造句

做飯我可不行，但是我可以燒「西紅柿」炒蛋呀。

■用語釋義

柿子可以炒蛋嗎？未有聽聞。不過，這裡指的西紅柿可不是柿子，它在台灣稱作番茄。如果是番茄炒蛋那就沒問題了。

西紅柿又叫洋柿子，台灣稱番茄，是全世界栽培最為普遍的果菜之一。番茄品種很多，有大有小，甚至有紅色、黃色、綠色等多種顏色。番茄具有特殊風味，有很高的營養價值，含水分、碳水化合物、蛋白質、維生素 C 以及胡蘿蔔素、礦物鹽、有機酸等，具美容、防衰老等功能。

■台灣同義詞

番茄

有機玻璃

■大陸用語

有机玻璃

■大陸造句

以市場需求為導向，以技術革新為核心，以產品創新為基礎，是本「有機玻璃」廠的宗旨。本廠匯聚了大批在「有機玻璃」行業研發、服務多年的工程技術人員，他們緊緊把握市場的趨勢。

■用語釋義

「有機玻璃」源自英文 Organic Glass，意指由有機化合物之 MMA 所製成之 PMMA 板，其透明與透光度如同玻璃一般。在台灣稱作壓克力。近年來所有由透明塑料如 PS、PC 等或由劣質之回收 MMA 所製成之板材均統稱為「有機玻璃」。

■台灣同義詞

壓克力

豆腐乾

■大陸用語

豆腐干

■大陸造句

這是日前在北京媒體上發表的一條「豆腐乾」般大小的新聞，但這塊「豆腐乾」引起我的注意，並啟發一些思考。

■用語釋義

豆腐乾形狀細小，形容細小的東西即用豆腐乾大小形容。

■台灣同義詞

細小或芝麻綠豆

豆腐渣

豆腐渣

■大陸造句

　　地震造成大量學校倒塌，導致數千學生喪生，針對網民質疑校舍都是「豆腐渣」，國家教育部強調，將通過認真調查來確認，若確實存在質量問題，一定從嚴查處，絕不姑息，會給社會一個滿意的交代。

　　據官方統計，不論輕、重災區，中小學都是倒塌比率最高的公共建築，而不少倒塌學校周圍的建築則完好無損。

■用語釋義

　　由豆類製成的豆腐原即以柔軟好入口著稱，「豆腐渣」更是不用咬即可下飯。以「豆腐渣」形容工程，可想而知是多麼脆弱。事實上，大陸即以「豆腐渣」形容脆弱、不及格的工程。為避免悲劇的一再重演，必須下定決心，進一步制定法規，並堅決依法辦事，加強標準定額的制定和管理。

■台灣同義詞

　　偷工減料的工程

走過場

■大陸用語

走过场

■大陸造句

清華大學 EMBA 按照招生計畫，準備在深圳開一個綜合方向的深圳班。由於看重學校的名氣和可以在深圳上課的優勢，丁女士立刻報了名，並參加了筆試和面試。前幾天，她打聽到在深圳只招 20 人，而且都將去北京上課，這讓她感覺奇怪，懷疑是不是有的學生早就內定了。她回憶說，當時面試時讓她帶很多公司財務報表等，面試考官也沒有看，是不是也只是「走過場」，她根本就不會被錄取。

■用語釋義

戲劇用語，演員由舞台一端走上舞台，從另一端走下場，叫做走過場。目前指空講形式的辦事態度，不具有實際行動的意義。

■台灣同義詞

走個形式

抓瞎

抓瞎

■大陸造句

　　工作上沒有準備好，面臨問題常常「抓瞎」，這對他而言是常有的事。

■用語釋義

　　「抓瞎」就是做事沒頭緒的意思。工作通常得先把目的搞清楚，需要達成什麼樣的任務，採取什麼步驟，否則天馬行空，突發奇想，亂搞、亂整，想到什麼就做什麼，所謂「將帥無能累死三軍」，就是這個意思。

■台灣同義詞

亂整

侃大山

■大陸用語

侃大山

■大陸造句

你想和老外「侃大山」嗎？相信大多數人的回答是肯定的。你能和老外「侃大山」嗎？相信多數人的回答是否定的。

■用語釋義

「侃大山」最早是北京土話，由於「侃」和「砍」諧音，「侃大山」這三個字最早被寫成「砍大山」，說有人掄大刀去砍大山，並揚言能把山砍斷。不顧事實的狂言後來被取笑為甚麼都敢吹，甚麼都敢說，也就是「吹牛」。何況，「侃」也有「閒談，閒扯，能說會道」的意思。「侃大山」也被簡化為「侃山」。喜歡「侃大山」的男人被人們冠以「侃爺」，而女人就是「侃姐兒」。

■台灣同義詞

瞎扯

拐點

■大陸用語

拐点

■大陸造句

大陸國家統計局召開新聞發佈會，介紹國民經濟運行情況，國家統計局局長表示，房地產市場的波動是正常的，判斷它是不是出現「拐點」，主要取決於是不是在比較長的時間內往下走，如果過一個月它又漲起來了，那它就不是「拐點」。如果連續幾個月都在下跌的話，而且變成一種長期趨勢的話，那它就是「拐點」。

■用語釋義

行走時並非暢通無阻的直通車，總也有拐彎的時候。每一次拐彎時都是一次轉折點，大陸不稱「轉折」，而稱「拐點」。

■台灣同義詞

轉折點

空的

■大陸用語

空的

■大陸造句

正值求職季，為找一份理想的工作，眾多畢業生整天忙於到各地參加各類招聘，求職成本也水漲船高。考古專業碩士研究生小羅，為赴濟南趕場面試，無奈之下只好坐飛機前來。小羅向記者訴苦，此行僅飛機票便花了 600 多元，加上從機場乘大巴、打的、食宿，一次面試便花了近千元。求職成本大提高，大學生打「空的」只為趕場。

■用語釋義

大陸搭乘計程車有稱為「打的」，由此衍生搭飛機稱為打「空的」，空的指的是空中巴士。日後聽聞趕著打「空的」時，可不要誤會是要聽「CD」。

■台灣同義詞

客運飛機

按揭

　　按揭

■大陸造句

　　商業銀行的「置理想按揭」計劃集，「按揭」及支票賬戶提存服務於一身，讓您按個人的生活模式與財務預算，隨時將款項存入按揭賬戶，助您節省利息支出及縮短供款年期。

■用語釋義

　　「按揭」一詞是英文「Mortgage」的粵語音譯，是指提供私人資產（不論是否為不動產）做為債務擔保的動作，多發生於購買房地產時銀行借出的抵押貸款。該詞從香港引入大陸房地產市場，先在深圳建設銀行試行，逐漸流行起來，並正式用於契約文本，其含義為「抵押貸款」，在大陸為個人購置商品屋抵押貸款之意。

■台灣同義詞

　　貸款

很牛

■大陸用語

很牛

■大陸造句

關於昨天的球賽，敵隊「很牛」，4比0橫掃我軍。估計對方正處於上升期，而我方走著下坡路。究其原因我方球員配置顯得老化，更主要的是因為傷病太多。

■用語釋義

「牛」，是北京時下年輕人都在用的流行語，意思是很厲害、有本事、很強。

■台灣同義詞

很厲害

香饽饽

香饽饽

■大陸造句

對於老闆來說，這是驚心動魄的一年，成本急劇上升、勞工空前緊缺、勞工意識抬頭、土地等各種營商成本不斷攀升，產業政策快速調整，昔日「香饽饽」今成過街老鼠。

■用語釋義

北方稱饅頭和糕點之類為「饽饽」，「香饽饽」大家喜歡吃，自然成為搶手貨。

■台灣同義詞

搶手貨

釘子戶

■大陸用語

釘子戶

■大陸造句

上海最牛「釘子戶」正式被拆除，它矗立馬路中央14年，早已成為上海奇特而尷尬的一景。在屋主同意下，施工單位只花90分鐘便拆光光。外傳屋主的女婿拿到6000萬元補助；他駁斥「只拿了4戶房子。」

■用語釋義

在城市建設徵用土地時，討價還價，不肯遷走的住戶。除了城市，在城鄉土地開發，也可能出現所稱謂的「釘子戶」。他們多數是農民，由於地方政府收地建工廠、政府大樓等，但地價不合理、太少，因而不肯遷走。

■台灣同義詞

拒絕拆遷戶或拒絕搬遷戶

桑拿浴

■大陸用語

桑拿浴

■大陸造句

在芬蘭，「桑拿浴」是一種名副其實、普及全國的洗浴方式。芬蘭人的一句格言就是「先建你的桑拿，再建你的房屋」。

■用語釋義

在大陸各大小街頭，常可見「桑拿浴」的招牌，它指的是台灣的「三溫暖」。由於英文為 Sauna，故大陸稱之桑拿，為一種乾熱的沐浴方式，讓沐浴者達到排汗效果，與崇尚濕熱的土耳其浴不同。

■台灣同義詞

三溫暖

拳頭產品

■大陸用語

拳头产品

■大陸造句

大陸鐵路運輸又多了一條生力軍，從上海坐高鐵至昆明，「朝發夕至」不再是夢想。滬昆高鐵全線開通營運，滬昆之間原本 34 小時的乘車時間，被大幅縮短至 11 小時，可橫越大半個大陸，冀望成為大陸旅遊的「拳頭產品」。據報導，原設計時速 300 公里，卻因部分隧道滲水嚴重，列車駛至須限速 70 公里通過。

■用語釋義

個別研發，具競爭力的優質名品。

■台灣同義詞

主打產品

高檔

高档

■大陸造句

以前，一千多元才能買到的一瓶「高檔」化妝品牌護膚產品，現在不僅價格上有一、兩百元的讓步，同時還贈送很多套件，除此之外，贈送的雙倍乃至三倍積分又能讓消費者再換回一些紅利。這在一兩年前大牌剛挺進南京時是不太可能的事情。

■用語釋義

大陸已成為全球重要的高檔奢侈品市場之一。包括汽車、服裝、遊艇、高爾夫在內，各種高檔品都陸續進入大陸市場，增加了相關的稅收收入，目前的奢侈稅目有菸、高爾夫球及球具、高檔手錶等，成為國家財政收入的重要來源之一。

■台灣同義詞

高級

個體戶

■大陸用語

个体户

■大陸造句

從 1978 年大陸出現第一個「個體戶」開始，個體戶肯吃苦耐勞的品性早已得到了印證。個體戶以其成本少、風險低、經營靈活等特點在社會中逐漸增長壯大，並且遍佈社會各個角落。它吸納了大批下崗工人、社會青年以及農村剩餘勞動力，在社會中所起的作用也越來越大。

■用語釋義

大陸 1980 年代初期，個體戶是個貶義詞，基本上就是待業青年、勞改犯的代名詞，他們趕上了大陸改革開放的第一波，這批人把沿海城市的商品運回內地賣，開始練攤倒騰，倒也發了，吸引更多人下海，成為個體戶。那個時代公務員的月薪才一兩百元，個體戶成了萬元戶，個體戶也就不是貶義詞了。個體戶曾顯赫一時，但隨著市場經濟的發展和對外開放步伐加快，漸漸淹沒在眾多的公司、集團之後，似乎已被人們所忽視。

而後，大陸法律設定了兩種獨資企業。他們是個體工商戶和個人獨資企業。公民在法律允許的範圍內，依法經核准登記，從事工商業活動的也稱為個體工商戶，簡稱個體戶。個體戶的特點是小資本經營者，以出賣勞務為主，或許是創意工業小戶。在香港，個體戶則是自僱人士，例如的士司機、小販、專欄作家。

■台灣同義詞

　　跑單幫或是攤商

救生寶盒

■大陸用語

救生宝盒

■大陸造句

出外旅遊前，你應學會為未知意外事件最好準備——攜帶一些能幫你成倍增加倖存的機會的小玩意，你最好將它們放在小盒裡，這樣便於隨身攜帶。它們是你的「救生寶盒」。

■用語釋義

在野外穿越或探險時，除了要配備專業裝備外，建議帶上一個小小的野外急救盒，稱它為野外「救生寶盒」。別看它小，在關鍵時刻說不定會起到很大的作用。內容物通常有火柴、蠟燭、打火石、放大鏡、針線、魚鉤和魚線、指南針、彈性鋸條、外科手術刀片、藥膏⋯⋯等。

■台灣同義詞

救生裝備

軟肋

■大陸用語

　軟肋

■大陸造句

　　經濟發展對外資的過分依賴，成為東南亞諸國經濟的「軟肋」，泡沫破滅時外資的大舉外逃，加劇了經濟的震盪，也加快了泡沫的破裂。

■用語釋義

　　「軟肋」原指胸腔的肋骨，依靠軟肋擴張可以幫助呼吸。該部位怕攻擊，引申用於形容人或事的薄弱環節。「肋」發「類」音。

■台灣同義詞

　　要害

紮啤

■大陸用語

扎啤

■大陸造句

天氣越來越熱，在濟南喝「紮啤」加烤肉，那可是一大享受。劣質「紮啤」灌裝點牟取暴利的現象也開始抬頭。市場上的「紮啤」生產和消費情況如何？「黑紮啤」是怎樣灌裝的？有多少流入濟南街頭？

■用語釋義

「紮啤」就是沒有經過發酵的啤酒，又稱鮮啤酒或生啤酒，普通啤酒則是經過發酵的啤酒，為什麼稱為「紮」，有兩種說法：一是外文音譯而來；二是粵港習慣稱呼。

「紮啤」是純天然、無色素、無防腐劑、不加糖、不加任何香精的優質酒，營養極為豐富，素有啤酒原汁之稱，紮啤是將最優質的清酒從生產線上直接注入全封閉的不銹鋼桶，飲用時用紮啤機充入二氧化碳，並用紮啤機把酒控制在 3 ~ 8℃，飲用時從紮啤機裡直接打到啤酒杯裡，避免了啤酒與空氣的接觸，使啤酒更鮮、更純、

泡沫更豐富，飲用時更加爽口。

■台灣同義詞

生啤酒

集裝箱

■大陸用語

集裝箱

■大陸造句

大陸官方將反壟斷的大刀揮向全國港口，要求所有沿海港口全面開放拖輪、理貨和船代市場，合理調降外貿進出口「集裝箱」裝卸費，立即廢止和清理有關不合理交易條件，此舉可望有效降低企業進出口物流成本，光是調降裝卸作業費估計每年就超過新台幣 160 億元。

■用語釋義

集裝箱在台灣稱「貨櫃」，國際標準化組織規定的集裝箱，長度以 20 英尺為計量單位，防風防雨，能用本身的強度保護箱內的貨物不受損壞，可與運輸工具分開，作為獨立單位進行裝卸，而不需重複搬運內部貨物就能運輸，可以節省貨主和船東的經費。

■台灣同義詞

貨櫃

菜籃子

菜籃子

■大陸造句

　　時隔多年，米袋子省長負責制和「菜籃子」市長負責制再次寫入政府工作報告。這既體現了中央對保障和改善民生的高度重視，也說明當前抓好糧食、蔬菜等基本必需品生產的重要性。但究竟能不能保證群眾的米袋子、菜籃子裝滿、裝好，關鍵得看各級政府工作是否到位。各級政府領導幹部應當更多地深入群眾，看老百姓的米袋子裡糧食夠不夠、菜籃子裡還缺些什麼，生活上還有什麼需要政府解決的困難，真正把這些作為政府的基礎工作，始終抓緊抓好。

■用語釋義

　　「菜籃子」指的是蔬菜等群眾生活必需品，它們價格的高低、質量的好壞直接關係到百姓生活。然而，常有一些地方領導幹部認為柴米油鹽醬醋茶都是雞毛蒜皮的小事，對 GDP 影響不大，不屑於去抓；還有的地方領導幹部不重視農業的基礎地位。為緩解大陸副食品供應

偏緊的矛盾，農業部於 1988 年提出建設「菜籃子工程」。一期工程建立了中央和地方的肉、蛋、奶、水產和蔬菜生產基地及良種繁育、飼料加工等服務體係，以保證居民一年四季都有新鮮蔬菜吃。

為了滿足城市副食品的需要，市政府把「菜籃子」作為民心工程、系統工程、效益工程來抓，加強了生產、科技、加工、市場、調控等五大體系建設，基地生產發展、市場購銷興旺、政府調控有力、價格相對平穩，蔬菜副食品的零售價格和價格指數一直處於全國 35 個大中城市中等偏下水平。

■台灣同義詞

無

提成

■大陸用語

提成

■大陸造句

雙十一到來，快遞行業也將迎來高峰期。據國家郵政局相關人士預測，今年雙十一期間，全行業快遞處理量預計將達到十億件，這不僅是對物流行業的挑戰，也是對每一個快遞員工作量的挑戰。一位配送小哥告訴記者，快遞員的工資構成大多都是保底工資加計件「提成」的形式，送件「提成」一般在每件一元左右不等。

■用語釋義

從總數中提取一定的份額稱「提成」。

■台灣同義詞

抽成

奢侈品消費

■大陸用語

奢侈品消費

■大陸造句

大陸還遠未到全民「奢侈品消費」的時代，卻恰恰是全球奢侈品消費成長速度最快的國家。這其中很大的原因就是社會輿論的推動，外國品牌商的狂轟濫炸、國內展會的此起彼伏，加上媒體的追捧，烘托出了異化的消費心理和不成熟的消費市場。

■用語釋義

飽暖思淫慾，滿足生活的基本需求才能要求更高層次的享受。人的日常生活也是從必需品開始補給，行有餘力才能購買奢侈品。由奢侈品消費行為的冷熱可以觀察一個社會的經濟發展程度及國民性格，富起來了，固然有閒錢可以進行「奢侈品消費」，可是由儉入奢易，由奢入儉難，暴發戶的現象還是不值得鼓勵。

■台灣同義詞

精品消費

照單下線

■大陸用語

照单下线

■大陸造句

久而久之，論文就像「照單下線」的產品，專案發包方就是客戶，您要什麼樣的，我就發什麼樣的，您要幾篇，我就發幾篇。

■用語釋義

這是由產業界衍生出來的語詞。現代產業在廠房中架起生產線，採取一貫作業的生產流程。只要訂單、規格開出，照單下線，一氣呵成，形容按規定辦事。

■台灣同義詞

按規定辦事

網吧

■大陸用語

网吧

■大陸造句

凌晨 2 時 40 分左右，一非法營業的「網吧」發生火災，目前已造成 24 人死亡，13 人正在醫院搶救。事故發生後，黨中央、國務院有關領導高度重視，指示要當地全力搶救傷員，妥善處理善后事宜，迅速查明事故原因，並對全市「網吧」進行整頓。

■用語釋義

「網吧」是什麼樣的店家？初聞「網吧」，令人聯想到與酒吧有關，非也。大陸「網吧」即是台灣慣稱的網咖。提供消費者進行網路線上遊戲的店家。

■台灣同義詞

網咖

熱點

■大陸用語

热点

■大陸造句

恰逢兩會，討論很多人們關心的問題，比如 CPI、股市、住房、教育等等。很多網友也都紛紛在網上對這些「熱點」問題說出自己的想法。很多政府部門的人也都參與進來，共同討論。我覺得這種方法很好，至少增加了互動性。

■用語釋義

對於眾所矚目的事件、社會現象、政府政策，大陸通常以「熱點」形容，台灣則以「焦點」名之。其實，兩者無非都是熱的徵候，只是焦點有過熱的意味。形容該事件、行為受到極度的注意。

■台灣同義詞

焦點

賣大號

■大陸用語

卖大号

■大陸造句

現在，走後門搞不正之風，緊缺商品「賣大號」的現象沒有了，售貨員與顧客吵架的現象減少了。

■用語釋義

指零售店把緊俏商品大量地賣給某人或單位。也說「賣大戶」。

■台灣同義詞

量販

潑髒水

■大陸用語

潑脏水

■大陸造句

十年前,廠子裡的某些人成心給他倆「潑髒水」。

■用語釋義

捏造事實,毀壞別人的名譽。

■台灣同義詞

造謠

貓膩

■大陸用語

貓膩

■大陸造句

市場上的不少產品都標有「某某保險公司承保產品質量」的字樣，但有業內人士提醒說，產品質量保險「貓膩」多，消費者購買此類產品極少能得到賠償。

■用語釋義

貓排便後，會埋藏自已的糞便，大概是一種愛清潔的行為吧，所以有人說貓比較愛乾淨。不過有人質疑貓性多疑，難道說它的糞便裡有什麼秘密，怕同類或人類知曉？因此，有人用「貓膩」一詞來形容這些潛藏行為或者不可告人的作為。

■台灣同義詞

內情或搞鬼

錄像廳

■大陸用語

录像厅

■大陸造句

前天,有市民向記者反映,市區某「錄像廳」內,有 21 名十五、六歲的毛頭小伙白天出去從事不法活動,晚上就集體留宿於該「錄像廳」。這些少年大多來自外地,年紀小,文化低,由於基本上都沒有職業,平時混跡市區的各個角落,曝料市民表示,周邊市民對這群少年的詭異行蹤深感不安。

■用語釋義

在電腦及電腦遊戲機尚未流行那個年代,VCD 曾經輝煌一時,台灣商家成立包廂式的 VCD 放映場所,吸引了青年男女消費,但一直沒有在台灣大流行。大陸經濟開放後,各地也成立 VCD 放映場所,是許多人接觸電影的啟蒙地,二塊錢即可度一天日子,觀看無數影片。唯這項產業已經沒落至消亡狀態。

■台灣同義詞

MTV 店

讓利

■大陸用語

让利

■大陸造句

房地產經濟學者及專業調研機構則不敢對樓市抱樂觀態度，他們建言用真正的「讓利」打破樓市僵局。

■用語釋義

讓出利潤，即是折扣的意思。

■台灣同義詞

折扣

U 盤

■大陸用語

U 盘

■大陸造句

「U 盤」中心為您提供了「U 盤」的詳細參數、「U 盤」圖片、各城市報價、「U 盤」行情和評測,以及可以讓網友評論的平台,您可以通過我們的介紹來選擇適合您的 U 盤。

■用語釋義

3C 用品,資料儲存工具。

■台灣同義詞

USB 或隨身碟

山寨手機

■大陸用語

山寨手机

■大陸造句

不知不覺中，「山寨手機」已大規模攻城掠地，大量地流入市場，蠶食鯨吞正規廠商生存空間的同時，也給消費者帶來了巨大的安全隱患。

■用語釋義

「山寨」一詞，出自粵語，指那些沒有牌照、難入正規渠道的小廠家、小作坊。而仿冒，沒有品牌的手機被業內稱為「山寨手機」。據透露，從研發、生產到銷售，「山寨手機」已經形成了一個成熟的產業鏈。支撐起這個龐大的灰色市場，靠的是珠三角地區不計其數的小「山寨廠」。僅深圳一地就有著數量難以統計的「山寨廠」。一個十餘人的小作坊就能輕易裝配出具有主流功能的手機，一個中等規模的廠家每天能生產 2000 部左右。這些小作坊的抄襲能力實在太強，一款新產品手機一上市，第二天就有高仿手機出現，主要是利潤可觀。

■台灣同義詞

盜版手機

手機短信

■大陸用語

手机短信

■大陸造句

「手機短信」市場和我們所處的這個時代似乎越來越遙遠，如今翻開短信欄，清一色垃圾廣告短信，佔了一大半，或許「手機短信」早已進入歷史了。

■用語釋義

在非智慧型手機的年代，手機用戶間彼此溝通的方式，就只有語音通話及簡訊傳送，不方便打電話時，大家都會用簡訊的方式來傳遞訊息。隨著即時通訊軟體愈發普及，手機簡訊服務業務急速衰退。

■台灣同義詞

手機簡訊

內存

■大陸用語

內存

■大陸造句

「內存」在電腦中的作用很大，所有運行的程序都需要經過「內存」來執行，如果執行的程序很大或很多，就會導致「內存」消耗殆盡。電腦開機久了，可用的「內存」便會越來越少，其中很大的一方面原因就是一些軟件在退出的時候沒有及時釋放掉佔用「內存」的一部分。

■用語釋義

在電腦的組成結構中，有一個很重要的部分，就是記憶體，大陸稱為「內存」。相對於外存而言，它是用來存儲程式和資料的部件。

我們平常使用的電腦程式，如 Windows 系統、打字軟體、遊戲軟體等，一般都是安裝在硬碟等外存上的。但僅此是不能使用其功能的，如當我們在處理文稿時，在鍵盤上敲入字元時，它就被存入記憶體中，當你選擇存檔時，記憶體中的資料才會被存入硬碟。也就是說，通常我們把要永久保存的、大量的資料存儲在硬碟（外存）上，而把一些臨時的或少量的資料和程式放在「內存」上。

■台灣同義詞

記憶體

台式機

■大陸用語

台式机

■大陸造句

報價中心為您提供各類「台式機」產品的最新報價，囊括了「台式機」的導購、圖片、評論、評測、大全等信息，是「台式機」產品的權威數據庫。

■用語釋義

台式機是什麼機？洗衣機、烘乾機還是冷氣機？非也，非也。大陸所稱的「台式機」原來是台灣稱為桌上型電腦的「PC」。命名「台式機」應為在台子上使用，故曰「台式機」。

■台灣同義詞

桌上型電腦

光驅

■大陸用語

大款

■大陸造句

家裡的舊「光驅」不要扔掉，改裝一下，做出的東西人人都想要！

■用語釋義

光驅，又名光盤、光碟，於 1965 年由美國發明，當時所儲存的格式仍以類比（Analog）為主。它是用激光掃描的記錄和讀出方式保存信息的一種介質。

■台灣同義詞

光碟機

計算機

■大陸用語

計算器

■大陸造句

大學生「計算機」交流中心，旨在聯合各個高校的計算機組織，為廣大的計算機愛好者提供一個交流學習和互助提高的平台；並通過大家的努力讓更多需要幫助的人能快速有效地解決。

■用語釋義

電腦（Computer），在大陸也譯為「計算機」，是一種根據一系列指令來對資料進行處理的機器。相關的技術研究叫電腦科學，由資料為核心的研究稱資訊技術。普遍使用的類型為電子計算機（electronic computer）。

■台灣同義詞

電腦

座機

■大陸用語

座机

■大陸造句

家中的「座機」和手機全部打不通，小謝一撥再撥，還是不通，只能一邊打電話，一邊咒罵中國移動和中國電信。

■用語釋義

乍聞「座機」，令人驚嚇。家中竟然有「座機」，那可是大戶人家。經解釋方知，是大家都買得起的市內電話機，當然「座機」也可指領導人或私人的飛機，但一般多指市內電話。

■台灣同義詞

室內電話機

硬件

■大陸用語

硬件

■大陸造句

計算機「硬件」出現故障怎麼辦？這個配件性能怎麼樣？大家一起來解決你的「硬件」問題！

■用語釋義

電腦構件中看得見、摸得著的設備，就是我們常說的「硬件」，台灣稱為「硬體」，如電腦主機、鍵盤、滑鼠等。

■台灣同義詞

硬體

博客

■大陸用語

博客

■大陸造句

大陸互聯網協會發佈的、由十多家知名「博客」服務商簽署的《博客服務自律公約》也是本著相同的原則，要求線民在該網站註冊「博客」時必須同意內置了服務商監督資訊責任條款的協定，這樣就相當於，「博客」在註冊時已賦予服務商督促改正、刪除不良資訊，甚至停止「博客」服務的權力。

■用語釋義

在網際網路的世界，Bloger 林立，對於 Bloger，大陸通稱「博客」，台灣則稱「部落格」，博客的管理人則稱「博客主」。

■台灣同義詞

部落格

筆記本

■大陸用語

笔记本

■大陸造句

「筆記本」大全為您提供「筆記本」最新報價，包含筆記本報價、筆記本價格、筆記本品牌、筆記本大全、筆記本圖片、筆記本查詢、筆記本導購、筆記本評測、筆記本論壇。

■用語釋義

看了上述造句，還以為走進文具賣場。詳細對照，筆記本怎可能還有編制大全等資料，筆記本不就是那麼幾十元的文具嗎。詳查細究發現它應是電腦之流的東西。沒錯，在大陸筆記本同樣用來指稱筆記型電腦。稱呼「筆記本」電腦，應是英文 Note Book 直譯而來。台灣也是由英文翻譯，為了怕混淆，採意譯稱為筆記型電腦，一字之差，避免過多的解釋。

■台灣同義詞

筆記型電腦

實名制

■大陸用語

实名制

■大陸造句

大陸以法律形式明確網路「實名制」,「網路實名制」顧名思義,就是要求所有使用者必須以真實姓名出現或登記。如今網路實名制在保障網友的言論空間方面產生了很大的爭議。

■用語釋義

「實名制」指公民憑真實身份參與社會活動的制度。在網際網路的世界,網友在各個部落格中流連,互通信息,甚至論戰,發佈不實或攻擊他人的假消息,使網路世界成為詆毀他人或造謠的淵藪。為了便於網路管理,同時保護網路資訊使用者的隱私,各國有相關類似的規定,即在登錄各該使用網站時,用戶需在輸入個人身份證號碼等資訊並得到驗證後,方可參與線上討論,此即為「實名制」。為便於使用者隱匿身份及隱私,通常允許網友通過身份驗證後,用代號等替代自己的真實姓名在網上發佈資訊。

■台灣同義詞

在台灣,「實名制」一詞已常見於生活之中。

機頂盒

■大陸用語

機頂盒

■大陸造句

此集團維持在大陸數碼「機頂盒」市場之領導地位。現今只需輕輕動幾下手指，躺在舒服的沙發上就可獲得大量高畫質電視節目，「機頂盒」給家庭娛樂帶來革命性變化。

■用語釋義

傳統映射管（CRT）電視，需加裝數碼訊號轉換器（STB），即「機頂盒」，才可收看數碼化的電視節目。若沒有加裝機頂盒，只能收看類比信號的電視節目外。

■台灣同義詞

機上盒

衛星鍋

■大陸用語

卫星锅

■大陸造句

民間反映，於當局的限制下，銷售「衛星鍋」的商販反倒更加忙碌，手機短信、網上叫賣、廣告傳單、上門兜售、地下交易等多種形式一齊上陣。從賣方到買方，從民宅帶商居，大大小小、形形色色的鍋越來越多，且大有星火燎原之勢。不僅在偏遠的農村，而且在城市許多新建小區，「衛星鍋」也不鮮見。

■用語釋義

「衛星鍋」是什麼碗鍋？大陸公安為何要強行砸毀？簡言之，「衛星鍋」即是收看衛星廣播電視的天線。

在大陸，收看電視是民眾最大的娛樂活動，但是當地的無線電視節目信號弱，收訊情況差；架設有線電視線路成本太高，廣告又多；數位電視，收費太高，質量也不穩定，導致了裝「鍋」熱。

「衛星鍋」帶來了免費娛樂電視節目，也帶來了全世界的消息景象，對大陸執政者想要完全阻絕民眾接受境外信息造成強大的挑戰。

■台灣同義詞

衛星接收器或大耳朵

數碼電視

■大陸造句

　　政府表示，現時仍有百分之七的住戶使用模擬電視廣播，計劃 2020 年全面終止模擬電視廣播服務，目前正檢討進展，明年首季會公布。

　　政府提交立法會的文件指出，現時三間免費電視台都以「數碼電視」廣播，香港電台的覆蓋率現時約 9 成，目標在 2019 年增至 9 成 9。

■用語釋義

　　數碼電視，又稱為數位電視或數字電視，是播出、傳輸、接收等環節中全面採用數位電視信號的電視系統。

　　數碼電視系統可以提供傳送多種數訊業務，如高清晰度電視（簡寫為「HDTV」或「高清」）、標準清晰度電視（簡寫為「SDTV」或「標清」）、互動電視、及資料業務等。

■台灣同義詞

　　數位電視

一把手

■大陸用語

一把手

■大陸造句

大陸地方政府高層人事正進入密集調整期，天津市、重慶市、吉林省、福建省四省市，近日更換政府部門「一把手」。

當前，「一把手」的提法已經用得很亂，使得黨委書記與行政首長、企事業單位等機構的負責人相提並論，混為一談。這種所謂「一把手」現象（說法和做法）、「一把手」體制的存在，其弊病很多，危害極大，實際上違反了黨章。

■用語釋義

大陸慣稱黨委書記為「一把手」。1990 年代中期以後，所謂「一把手」或「黨政一把手」之說，日益流行。現在所用的「一把手」，泛指各級各類組織和機構的主要負責人，主要仍指黨政主要領導人，用「黨政一把手」來囊括各級黨的書記與各級行政首長。

■台灣同義詞

第一把交椅或第一負責人

二進宮

二进宫

■大陸造句

醜聞不斷的重量級拳王最近又爆出新的犯罪事實，他對警方控告他去年醉酒駕車和吸食毒品的兩項指控供認不諱，同時還承認自己私藏毒品。這兩項罪名相加，將把這位拳王送進監獄關上四年，這已經是「二進宮」了。

■用語釋義

《二進宮》是一齣經典唱功戲，由生（男高音）、旦（女高音）、淨（男低音），連續接唱，類似西洋的歌劇。動作的安排，較諸其他京劇簡單，一文一武各站一邊，文持笏板、武持銅錘，向著李妃，商議保護幼主的大事。

「二進宮」現代用法則是指第二次進監獄，是第一次入監服刑釋放後，又幹了違法的事，再次被逮捕入獄，等待審判或已被依法判刑。

■台灣同義詞

累犯

人均

■大陸用語

人均

■大陸造句

大陸有望在 2027 年「人均」收入超過中等收入指標（12,375 美金），步入高收入社會。十九大後，中共也喊出在 2020 年全面建成小康社會。大陸政經議題專家林夏如認為：「現在大陸面臨的是中收入陷阱危機，習近平的挑戰太巨大；讓 13 億人進入小康均富社會，人類史上沒人做過」。

■用語釋義

大陸人口多，單純以經濟總量來衡量，可以表明大陸國力的增強。人均 GDP，亦稱國內生產毛額、本地生產總值，是一個領土面積內的經濟情況的度量，更能反映居民在經濟發展中分享的成果。「人均」概念的使用，表明大陸決策者更加注重考慮經濟之外的社會因素，比如人口增長的問題。

■台灣同義詞

每人平均

三角債

■大陸用語

三角债

■大陸造句

香港文匯報指出,大陸面臨嚴峻的商業誠信問題,過去相當普遍的「三角債」、拖欠貨款、侵權、假冒、盜版、違約等糾紛,已成為與國際市場接軌的嚴重障礙,也成為投資者新的擔憂。

■用語釋義

「三角債」是人們對企業之間超過托收承付期或約定付款期應當付而未付,相互拖欠款項,相互不履行合約,而又無法通過市場、法律形式解決的俗稱。如:甲公司欠乙企業一筆錢,乙又欠丙公司一筆錢,丙公司又欠甲的款項,形成了三角債務關係。「三角債」其實早在 1980 年代中後期就開始形成,1985 年中國大陸中央政府開始抽緊銀根後,企業賬戶上應收而未收款與應付而未付款的額度大幅度上升。1991 至 1992 年間,「三角債」的規模曾占銀行信貸總額三分之一的地步。更成為大陸、

俄羅斯、東歐等國經濟發展中的一個障礙。

　　「三角債」嚴重妨礙大陸經濟發展，外來投資者也深受其害，以致中共當局不得不出面解決。1998 年上半年，大陸政府採取措施，清理「三角債」，先是在一個行業、一個省（區、市）的範圍內清欠，然後逐步擴大到全國，進行全國性清欠。雖然如此，但是大陸市場上不重信用，相互拖欠陋習依舊，流動資金被大量占用，「三角債」問題迄今未能根絕。

■台灣同義詞

　　三角債

上訪

上访

■大陸造句

四川大地震重災區罹難學生的家長，對於當局封鎖學校廢墟，還有一再阻撓他們「上訪」感到憤怒，家長們表示，他們不稀罕政府的撫恤金，他們要繼續「上訪」，要求追查豆腐渣工程的責任人，嚴懲兇手，給冤死的孩子一個公道。

■用語釋義

「上訪」是大陸特有的政治表達形式，意思是向上級政府反映意見，警方或官方的不足之處、冤情、民意，或提出要求等等，也稱信訪，類似古時候的「告官」。

1996 年 1 月 1 日起，中華人民共和國施行《中華人民共和國信訪條例》，對信訪、信訪人、信訪事項等都作了明確的解釋。信訪，是指公民、法人和其他組織採用書信、電話、走訪（應當推選代表提出，代表人數不得超過 5 人）等形式，向各級人民政府、縣級以上各級

人民政府所屬部門（以下簡稱各級行政機關）反映情況，提出意見、建議和要求，依法應當由有關行政機關處理的活動。

信訪人可向上級政府機關提出對政府的意見，官員失職、瀆職和侵害權利問題、批評、檢舉或投訴，或所有侵害到其自身利益的行為。而第四十一條亦規定，任何人不得報復、打擊壓制或逼害信訪人，保留信訪人提出意見的權利。

信訪條例第十條亦規定，信訪人的信訪事項應當向行政機關或其上一級的行政機關提出。若果信訪人不服結果，也可以自行向其再上一級的政府機關提出，如果該政府機關認為合理，即可接受。

2005 年 5 月 1 日，中華人民共和國頒佈了新的《上訪條例》。新的上訪條例規定，上訪人有權面見機關負責人，並可憑證查問上訪的處理情況。同時，上訪工作會納入公務員體系，並會對瀆職和打壓上訪者的官員進行處分。

2006 年再次頒佈新的《上訪條例》。這一次的上訪條例比從前嚴苛，包括禁止闖入政府大樓、禁止威脅和傷害官員、禁止擾亂公共秩序、禁止傳播謠言、禁止捏造事實等。

2014 年 2 月中共中央辦公廳、國務院辦公廳印發了《關於創新群眾工作方法解決信訪突出問題的意見》，並發出通知，要求各地區各部門實行網上受理信訪制度，建立網下辦理、網上流轉的群眾信訪事項辦理程式，實現辦理過程和結果可查詢、可跟蹤、可督辦、可評價，

增強透明度和公正性。中央和國家機關不受理越級上訪。

　　上訪的最終目的就是到北京去反映情況，但這樣對於一個普通百姓來說是異常艱難的事。第一，是路程遙遠；第二，是經費問題；第三，是上述的瀆職或壓迫信訪人問題。雖然大陸在法律上容許越級上訪，但實際上，很多這樣的例子都給打回票。

■台灣同義詞

　　陳請或訴願

公安局

■大陸用語

公安局

■大陸造句

「公安局」發佈的《關於嚴禁攜帶易燃易爆危險品乘坐公共交通工具的通告》規定，被列入嚴禁攜帶的易燃易爆危險品主要包括：汽油、柴油、煤油、噴霧劑、酒精、松香、油漆、雙氧水、液化氣體、溶劑油、雷管、炸藥、煙花爆竹等。凡攜帶以上危險物品乘坐公共交通工具者，公安機關將依法予以不同程度的懲處。

■用語釋義

維護公眾安全的單位，在台灣稱「警察局」。

■台灣同義詞

警察局

出 台

出台

■大陸造句

香港多項預期在今年上半年「出台」的利民惠民措施，值得各位留意，包括經改善的低收入在職家庭津貼計劃及終身年金計劃等；而將法定侍產假增至 5 天的建議，亦期望在今年盡早落實。

■用語釋義

「出台」意指演員上場演戲，就是出台表演。在大陸常用為政治名詞，特指黨政機關新訂的政策或措施正式公佈。

■台灣同義詞

政策公佈

打非

■大陸用語

打非

■大陸造句

記者從全國掃黃「打非」小組辦公室瞭解到，今年共取締關閉淫穢色情類網站 6 萬多個，處置網絡淫穢色情等有害信息 450 多萬條。

■用語釋義

「打非」以打擊製售非法出版物為主。取締以偽造盜用、假冒出版單位名義或打著境外報紙旗號在內地從事非法經營活動的非法報紙出版物。

由於大陸言論出版自由受到限制，故有假冒出版單位名義或打著境外報紙旗號在內地出版的情形，為避免這些非法報刊的存在，嚴重損害了大陸新聞出版管理制度，內容和導向嚴重失控，對國家的文化安全和社會穩定造成威脅，乃有定期性的打擊犯罪行動。

■台灣同義詞

取締非法出版品

打黑

■大陸用語

　　打黑

■大陸造句

　　新聞報導，曾引起中央領導高度重視的涉黑案件，黑社會頭目和骨幹成員一審被判處死刑不服上訴，高級人民法院作出發回重審的裁定，中級人民法院再次作出判決，幾人再次被判處死刑。

■用語釋義

　　對於犯罪組織，通俗用法稱為黑社會。打擊犯罪，掃蕩黑社會組織，在大陸稱為「打黑」，在台灣則是「掃黑」。

■台灣同義詞

　　掃黑

打假

■大陸用語

打假

■大陸造句

菸草「打假」工作取得了良好的成績，有效的整頓了市場經濟秩序，維護了生產企業的利益。針對新發現的問題加強分類督導，以查辦案件為推動力，加大了對自營零售店倒賣捲煙、拆單分攤、假入網銷售等突出問題的查處，使其得到有效的治理。

■用語釋義

大陸假冒偽劣製品非常猖獗，經常聽聞假酒、假藥、假煙等害人致死的訊息。「打假」成為大陸治安單位的一項重點項目。台灣並無打擊假品的專項及用語，接近「打假」的用語，則係「取締仿冒」。

■台灣同義詞

取締仿冒

主觀題

■大陸用語

　　主观题

■大陸造句

　　本科目考試試題分「主觀題」及客觀題兩大類。

■用語釋義

　　「主觀題」一般指問答、論述等題目，經常出現於文科試卷中，是指題目沒有標準答案，只要言之成理即可。如「請評價魯迅在中國文學史上的地位」，即為主觀題。而客觀題是指有標準答案的題目，如「第一次世界大戰的發生年份」，即客觀題。「主觀題」在台灣稱為「申論題」，「客觀題」在台灣即以是非、選擇或填充題形式呈現。

■台灣同義詞

　　申論題

本科生

■大陸用語

本科生

■大陸造句

南京允許 40 歲以內本科生可先落戶再就業，而落戶就意味著獲得了在南京購房的資格。

■用語釋義

普通高等教育本科層次的在校生、畢業生，區別於預科、專科，學生畢業後可獲學士學位。

■台灣同義詞

大學生

自學考試

自学考试

■大陸造句

求職時，很多招收單位都有一些潛在的標準，比如非名校、非名專業、非名師、非研究生以上學歷者，不予考慮。對於研究生以上學歷者，還要考察祖宗三代，第一學歷非名牌高校者，不予考慮。對於那些「自學考試」、電大、函授等雜牌軍，不予考慮。

■用語釋義

大陸人口眾多，升學壓力大，許多人成為文盲或失學一族。為鼓勵失學者自習、自學，函授學校在大陸頗為普遍，唯無論參加「函授」或自學，都得透過自學考試取得學歷證明，如台灣也舉辦學力檢定考試，分國小、國中、高忠誠度。通過考試者可取得同等學歷資格。

■台灣同義詞

學歷鑑定考試

考公

■大陸用語

考公

■大陸造句

「考公」大熱，應該說是好現象。最重要的，是要防止公務員再成「鐵飯碗」，這會影響社會其他行業勞動者的改革發展熱情，一定要處理好。

■用語釋義

「考公」可不是老公，也非老的考生，而是參加公務人員考試的簡稱。

曾幾何時，大陸有參軍熱潮。改革開放後，有一陣子「下海」經商成為風氣，連端「鐵飯碗」的公務員也想一試身手，那是因為改革初期，人們看到了市場的力量，也就是金錢的吸引力使然。

當前，民眾「考公」熱，無非就是政府（公務）人員為穩定的職業。

■台灣同義詞

公務人員考試

吃大戶

■大陸用語

吃大戶

■大陸造句

又是歲尾年頭，人們辛辛苦苦幹一年，應該歡歡喜喜迎新春了。然而，一些效益較好的單位或企業領導，到了這時卻反而犯起愁來。問其為什麼？皆曰：又到了「吃大戶」的時候了。

■用語釋義

在舊社會時，遇著荒年，饑民團結在一起，到地主富豪家吃飯或奪取糧食，為農民自發的鬥爭形式。現代指藉故到經濟較富裕的單位或個人吃喝或索取財物。

這些較富裕單位或企業的領導，應付那些來自頂頭上司的、方方面面有直接或間接關係者。這些人有吃喝下館子的、有買煙酒招待的、有坐車住宿出差的、有送禮慰問的，甚至是中飽私囊變相索賄的……林林總總，五花八門。看著這些人，叫誰都會犯愁。當然，「吃大戶」的絕不是老百姓，而是某些職能部門或有一定權勢的人。報不報？不報，年終考核就給你顏色看看；報，這些人可不是好惹的。

■台灣同義詞

敲竹槓或打秋風

死緩

■大陸用語

死缓

■大陸造句

80 歲的張姓老婦人，因為想攢點錢，替自己做個像樣點的墓，鋌而走險，以一萬人民幣的酬勞，替毒梟走私八公斤的鴉片被查獲，這會兒恐怕連求個壽終正寢都不可得。大陸對於涉及毒品的罪刑，判刑很重，走私鴉片超過一公斤就可以處死，這名老婦人被法院判處死刑，姑念她年事已高，給予「死缓」。

■用語釋義

死緩，是指對應當判處死刑，但又不是必須立即執行的犯罪分子。在一定的時間和條件下，死刑有機會改判緩期二年執行。

■台灣同義詞

無

吹風會

吹风会

■大陸造句

來自世界各大新聞機構的記者，共近二百人出席了這個新聞「吹風會」。

■用語釋義

「吹風會」這個詞來自英文 briefing（發佈會），假如一個決策爭議很大，或者要出台新政策，先吹風，看輿論反應，政府單位在正式記者會外，通常會召開「吹風會」。見輿論反映不好，就收回或出來澄清，因此「吹風會」一般不作直接報導，不公佈發佈人名稱。

「吹風會」與正式新聞發佈會和記者招待會不同之處，即後二者是用來向記者解釋或公佈一些關鍵問題。因此，採取什麼形式發佈，要看發佈的內容、發佈的要求和目的而定，如果採取的新聞發佈的形式不當，就有可能損害新聞發佈的效果。

■台灣同義詞

背景說明會

官痞

■大陸用語

官痞

■大陸造句

最近國內一本知名雜誌，揭露腐敗官員的種種醜行。有朋友說得好，「官痞」他們打著為人民服務的招牌，其實是名副其實的「濁官歪官貪官昏官」。用一個「痞」字來概括，實是恰當不過。

■用語釋義

「痞」字原指不學無術的地痞流氓，「官痞」專指胡作非為的腐敗幹部，不同於「地痞」、「文痞」。

■台灣同義詞

貪官污吏

官倒

■大陸用語

官倒

■大陸造句

鐵礦石大幅漲價從根本上講是市場供需關係決定的。但是，國內鋼鐵行業內部滋生、存在的「官倒」現象才是鐵礦石價格猛漲的致命傷痛。

■用語釋義

「官倒」就是利用特權謀私利，抬高物價，損害公眾利益，為 1980 年代在大陸出現的辭彙，指有官方背景的倒買倒賣的投機者。當時大陸的物品價格是雙軌制的，除了按供求關係調整的市場價格外，有些重要物資，會用特定的、低於市場價格提供給指定企業，稱為計畫供應。同一種物資，市場與計畫之間的差價十分大。於是有政府部門或掌權的官員利用他們可以調撥物資的行政權力，佔有計劃物資轉到市場高價出售，從中漁利，稱為「官倒」。

■台灣同義詞

無

武警

■大陸用語

武警

■大陸造句

震災發生後,「武警」總部高度重視,迅速啟動應急指揮機制,通過衛星指揮網,即時瞭解災區情況,對部隊搶險救災行動實施不間斷指揮。武警總部緊急向有關部隊下達命令、指示,要求參戰部隊在地方黨委、政府的統一指揮下,全力以赴參加抗震救災,努力減少損失。

■用語釋義

中國人民武裝員警部隊,簡稱武警,前身為人民邊防武裝員警部隊,同中國人民解放軍一樣,都是中國共產黨領導的國家武裝力量,組建於 1982 年 6 月 19 日,由內衛部隊和黃金、森林、水電、交通部隊組成,列入武警序列的還有公安邊防、消防、警衛部隊,享受人民解放軍同等待遇。平時主要擔負固定目標執勤、處置突發事件、反恐怖任務。固定目標執勤,主要是擔負警衛、守衛、守護、看押、看守和巡邏等勤務,具體負責國家列名警衛對象和來訪重要外賓武警部隊的基本任務,戰時則協助人民解放軍進行防衛作戰。

■台灣同義詞

無

紅頭文件

■大陸用語

红头文件

■大陸造句

全國人大常委會把糾錯「紅頭文件」的相關情況呈現在世人面前。此次會議聽取了全國人大有關備案審查工作的報告，這是全國人大常委會首次聽取相關報告，而今後這或將作為一項制度性安排固定下來。

■用語釋義

「紅頭文件」並非法律用語，是老百姓對「各級政府機關下發的帶有大紅字標題和紅色印章的文件」的俗稱，又稱紅頭檔，分為廣義及狹義的「紅頭文件」兩類。

廣義的「紅頭文件」指帶紅頭和紅色印章的文件，包括各級行政機關直接和不直接針對特定公民和組織而制發的公文，以及行政機關內部因明確一些工作事項而制發的文件。

狹義的「紅頭文件」則專指各級行政機關針對不特定的公民和組織而制發的文件，這類檔對民眾有約束力、

涉及到他們的權利和義務，也就是法律用語所稱的行政法規、規章以外的其他具有普遍約束力的規範性檔。公眾所關心關注的是狹義上的「紅頭文件」。

　　大陸歷來喜歡用紅頭文件向下級下達指示命令，紅頭檔的效力要超越法律，法律可以不執行，紅頭檔卻必須執行，而且隨時可以朝令夕改，中共官員們煞是喜愛，老百姓卻無所適從，外國投資者叫苦不迭。台灣政府機構少有行政命令權限壓過法律的情形，所以並無「紅頭文件」的用法。即使習用大陸「紅頭文件」的語法，指的是用紅色公文封的急件、密件。

■台灣同義詞

　　無

高考

■大陸用語

　高考

■大陸造句

　2017 年是大陸「高考」制度恢復 40 周年，高考制度重啟了人才向上流動的通道，喚醒了人們對人才的尊重、對知識的信仰，大陸的面貌由此發生了翻天覆地的變化。

■用語釋義

　「高考」這個名詞在大陸、臺灣與香港兩岸三地都有不同的意義。

　在大陸，高考是全國普通高等學校招生入學考試的簡稱，分有普通高考和成人高考，為考生進入大學和選擇大學資格的標準，是中華人民共和國的國家考試之一。

　在臺灣，高考是指中華民國公務人員高等考試；決定學生能夠進入大學就讀的資格考試稱為大學入學指定科目考試。

■台灣同義詞

　大學入學考試

高校和專業

■大陸用語

高校和专业

■大陸造句

如何填報志願，如何選報「高校」和「專業」，其中的學問複雜，估計考生和家長們在近日的志願填報工作中已有很深的體會。記者在就業率表上看到：同一所高校的畢業生，不同的「專業」可能存在懸殊的就業率，這對那些只認學校不認專業的考生是個提醒；而同一個「專業」在不同的學校，就業情況差別也很大。

■用語釋義

大陸教育體制分初等、中等、高等，高等教育即台灣的大學。高校泛指對公民進行高等教育的學校。從學校類型上講，包括普通高等學校、成人高等學校、民辦高等學校等。從學歷上講，包括專科、本科、碩士研究生和博士研究生四個層次。

專業即台灣的大學系所。2012年，大陸頒布第四次修訂目錄，《普通高等學校本科專業目錄》，新目錄的

學科門類由原來的 11 個增至 12 個，新增藝術學門類；專業類由原來的 73 個增至 92 個；專業由原來的 635 種調減至 506 種，其中基本專業 352 種，特設專業 154 種。

■台灣同義詞

大學和學系

閉卷

■大陸用語

閉卷

■大陸造句

理論知識考試和專業能力考核均採用「閉卷」考試的方式。理論知識考試與專業能力考核均實行百分制，成績皆達六十分及以上者為合格。

■用語釋義

閉卷是相對於開卷而言的，是指考試的時候不能參考任何相關書目，不可以在考試時翻閱書籍等，而開卷考試是可以看書答題的。

■台灣同義詞

無

深化

■大陸用語

深化

■大陸造句

海軍要著力「深化」軍事鬥爭準備，在新的起點上，切實加強部隊全面建設。

■用語釋義

大陸用語中，「深化」為常見詞語。與台灣的強化有異曲同功之妙，唯在詞語內涵上，仍有些許不同，深化強調的是深度，強化則要強力度。當然突顯深度不能不加力度，著重力度，深度也就浮現。

■台灣同義詞

強化

軟著陸

■大陸用語

軟着陆

■大陸造句

總理在回答記者提問時說，大陸政府將採取措施防止經濟過度增長，努力使經濟「軟著陸」。事實上，我們已經不是第一次面對經濟「軟著陸」的話題了，1993年時就曾出現過類似的情況。

■用語釋義

當經濟成長速度過快，產生嚴重通貨膨脹時，一國就要利用緊縮性政策來壓制通膨，這時候總需求會下降，經濟速度增長趨緩或出現負成長，大陸稱此為經濟「著陸」。如果實行的緊縮政策使過快成長的經濟速度平穩的下降到一個合適的比例，而沒有出現大規模的通貨緊縮和失業，就可以叫做「經濟軟著陸」。「硬著陸」是相對於「軟著陸」而言的。

大陸「軟著陸」的基本指標：經濟增長率＞7%；失業率＜4.5%；通膨率＜4.5%，此外，貨幣供應量的增長和信貸擴張亦是觀察指標之一。

■台灣同義詞

無

掛鉤

■大陸用語

挂钩

■大陸造句

廠校「掛鉤」這種聯合的目的，是發掘學校師資和教學設備的潛力，幫助工廠企業辦學，培訓他們所亟需的人才；並且利用工廠的設備與專才，幫助學校解決實習、實驗場地的不足，還可請有實踐經驗的專業技術人員授課、指導學生實驗、實習等。

■用語釋義

「掛鉤」為日常吊掛器物，物品掛上或鉤上保持連結，因此，大陸用為單位與單位間聯繫之一。台灣用法則有不同，而且具負面意義，如警方與徵信業者「掛鉤」販賣個人資料基本資料及口卡。

■台灣同義詞

連結或合作

進程

■大陸用語

进程

■大陸造句

美國總統川普承認中東和平「進程」陷入僵局,並且暗示可能切斷美國對巴勒斯坦的援助。美國目前每年提供價值超過 3 億美元的援助給巴勒斯坦。

■用語釋義

「程」做路程解,九十里路叫一程。在此指向前的進度。

■台灣同義詞

進度

勞改

■大陸用語

勞改

■大陸造句

大陸政府曾以「勞改」和勞教制度為工具，壓制民主活動人士、宗教活動人士和法輪功修練者，與此同時利用被勞改和勞教者的無償勞動為當局創造經濟財富。各地的勞改和勞教所有 1000 多個，迄今為止已經有 5500萬人被關過勞改或勞教所，其中許多人未經正當的司法程式就遭到關押。

■用語釋義

「勞動改造」簡稱「勞改」，是過去中華人民共和國罪犯管理的手段，很多大陸高層領導，包括鄧小平和劉少奇，在過去的政治鬥爭中也曾經入獄勞改。勞動改造標語經常出現在監獄裡，通過對入獄者強制性的勞動，來達到管理者認可的目的。大陸國內外常將勞改與勞教混淆，大陸官方也籠統地合稱為「二勞」，但二者是完全不同的，後者是一種行政處罰制度。

2001 年 10 月,《中華人民共和國勞動改造條例》被《國務院關於廢止 2000 年底以前發布的部分行政法規的決定》廢止。2013 年 12 月 28 日閉幕的全國人大常委會通過了關於廢止有關勞動教養法律規定的決定,這意味著已實施 50 多年的勞教制度被依法廢止。

■台灣同義詞

無

調研

調研

■大陸造句

正值春耕時節，綠油油的小麥一望無際。上午，領導人來到北方糧食主產區一帶農村，考察春耕生產工作。他走村入戶，深入田間地頭、企業車間，就農業生產尤其是糧食問題進行「調研」。

■用語釋義

調研，即調查研究的簡稱。中共黨及國務院非常重視調研工作，各級單位將常要下鄉調研，一來可以實地了解真實狀況，再來可以與民眾接觸。

■台灣同義詞

視察

轉軌

■大陸用語

转轨

■大陸造句

強調經濟「轉軌」過程的共性固然重要，但如若不正確把握一國經濟「轉軌」過程的特殊性，則難以對其經濟「轉軌」過程作出優化選擇。正如轉軌經濟學家薩克斯所言，若將大陸式改革道路搬到俄羅斯，則無異於讓俄羅斯放棄小麥種植而改種水稻去解決其農業問題一樣愚蠢。反之亦然。

■用語釋義

車子兩輪之間的距離稱為「軌」。「正軌」指在正常軌道下運行，如果要轉換運行軌道，稱為「轉軌」，如火車之轉軌，在大陸泛指改變原來體制運行方式。

■台灣同義詞

體制轉變

雙規

双规

■大陸造句

他被控靠擔任公安局局長一職期間，涉嫌買官賣官、包庇色情場所並收受巨額賄賂，正式對其實施「雙規」。

■用語釋義

「雙規」即「在規定的時間、規定的地點接受調查」的簡稱。通常是指高級黨政人員在接受檢查機關調查前的黨內調查和限制人身自由，是一種隔離審查。通常一位領導被雙規就意味著東窗事發、下台和接受法律的審判。

雙規不是一種符合法制的調查手段，僅憑共產黨的內部條例就可以限制人身自由，缺乏法律依據，違法違憲。因此，目前僅為中國共產黨的內規。

■台灣同義詞

無

嚴打

■大陸用語

严打

■大陸造句

「嚴打」是通過強化國家刑罰手段來實現其政策目的，由此可能引發和加劇國家刑罰權與法治的緊張關係。

■用語釋義

「嚴打」可說是「打黑」的升級版，擴大打擊面，加強打黑縱深。在台灣普遍以治安專案方式進行，如「治平專案」等。

■台灣同義詞

掃黑專案

土鱉

■大陸用語

土鱉

■大陸造句

「土鱉」必須海水放養，海龜必須淡水養殖。馬雲出席阿里巴巴北京網商論壇，以一名創業者的身份與1200多名京津冀的網商代表們共同分享如何做好電子商務。

■用語釋義

「土鱉」是北京方言，形容沒見過世面不開眼的人。而後，因留學海外歸國族群漸增，被名為海歸（海龜）派，土鱉成為海龜的對照詞，形容國內畢業的博士。馬雲這一席話是說，國內畢業的學者專家有必要到海外充

電，增加國際觀，而留外學人則要體驗國內的文化與生
活習慣，兩者需要並濟，不可偏廢。

■台灣同義詞

土博士

下崗

下岗

■大陸造句

有人揣度，即使是愛因斯坦，身在今天的大陸，他會不會「下崗」？還真說不好。你喜歡十年磨一劍，早晚得給末位淘汰掉。不過人家國外教授，大概是不必為此擔心的。

■用語釋義

從工作崗位上退下來即是「下崗」。當然，這指的不是退休的意思，係指失業而言。

■台灣同義詞

失業

下海

■大陸用語

下海

■大陸造句

政府出資數萬元至數十萬元，鼓勵公務員辭職經商的「全民大創業」活動，在當地引起巨大爭議。同時該活動規定只要是國家無限制的行業，允許「零注冊」，私人家庭場所也可以視作合法的經營場所。對此規定，各地政府心知肚明，然而卻有不少地方政府敢於解放思想，大膽嘗試，從允許公務員帶薪離崗創業，到讓公務員「下海」經商，此類例子層出不窮。

■用語釋義

大陸對「下海」一詞有一段典故。該詞源於 1920 年代在上海演出的戲曲《洛陽橋》。描述清朝蔡姓狀元要為家鄉建一座洛陽橋，但是橋墩一直無法打不下去，老百姓說「海龍王不同意，所以卡殼」，於是衙門貼出佈告，徵求委派一位能下得海去的人與龍王面洽架橋事宜。名叫「夏德海」的醉漢，在酒館裡被衙役找到。幾天後，

夏德海被帶到海邊，灌醉後扔到大海裡。後來，人們就把糊里糊塗地或冒險去幹某種事概稱為「下海」。經過流傳衍生，變成現在流行的詞語。

　　另指，從事娼妓等特種行業的行為也稱「下海」，這是最被廣為運用的用法。而後，大陸改革開放時期，隨著市場經濟的繁榮，許多原本是政府機關人員，不滿於現狀，放棄有保障的就業體系而從事風險較大的商業行為，轉而經商，也稱之為「下海」。

■台灣同義詞

　　從商

小姐

■大陸用語

小姐

■大陸造句

酒店經紀公司誠徵酒店「小姐」及 KTV 傳播「小姐」工作內容:免脫、免秀、無出場壓力,公司備宿舍及禮服部及彩妝美髮師可供小姐租借使用,費用低廉可省⋯⋯

■用語釋義

在大陸的餐廳或乘車時請別隨意稱呼年輕女子為「小姐」,她可能會跟你翻臉,因為「小姐」一詞在大陸泛指賣淫女子。那麼碰到年輕女子該怎麼稱呼呢?最保險的方法則一律稱「女士」。在江南一帶,甚至也有以「姑娘」來稱呼。不過隨著國際化程度加深,大陸民眾已愈來愈能接受「小姐」稱呼。

■台灣同義詞

泛指賣淫女子

出線

■大陸用語

　　出线

■大陸造句

　　從本組的形勢看，已經積 7 分的 A 隊很可能會提前「出線」，B 隊與 C 隊將對另一張十強賽入場券展開激烈的爭奪，而今晚的交鋒結果很大程度上將決定小組出線權的歸屬……

■用語釋義

　　在田徑賽中，優勝獲得參加高一層次競賽資格，稱為「出線」。目前，泛指人事角逐中，雀屏中選者為出線，兩岸有同用趨勢。

■台灣同義詞

　　脫穎而出

白骨精

■大陸用語

白骨精

■大陸造句

據統計，有著「白骨精」（白領＋骨幹＋精英）之稱的白領群體在近年來赴英國留學人群中，已經占了每年留學總人數的 1/3。從留學目的來看，比起高中、本科畢業生的留學，他們的目的性顯得尤為明確——即在職業生涯中為謀求更大的發展空間。

■用語釋義

「白骨精」可不是如西遊記中什麼蜘蛛精之流的妖精，他們是職場上的精英分子。所謂「白骨精」即白領＋骨幹＋精英之稱。台灣有所謂白領階級，「白骨精」除了是白領階級外，還要是白領群體中的骨幹與精英。例如，小順子認識倆位女強人，一個是博士，一個是優秀經理人，她們在男人眼裡都是有智慧有能力，高度自立的「白骨精」。

■台灣同義詞

白領精英階級

台流

台流

■大陸造句

一名男子赴陸經商，假日時才返回台灣與妻兒團聚，但經營不善，差點成為「台流」。妻子不堪壓力，難以忍受丈夫長期在外，且未照顧家庭的壓力，便向法院訴請離婚。

■用語釋義

台灣人流浪大陸稱之「台流」，與大陸的「盲流」屬同義詞，最早台流人數最多地區為廣東省，其中以東莞地區的台流人數多最為著名，如今上海的台流隊伍人數遠遠超過廣東省地區的盛名，台流也隨著台商企業的北移在華東地區落腳，流竄人數高達一萬人，散居在大上海的各個角落。

台灣人在大陸，依工作關係分為台商、台幹、台勞、台流，而「台流」這個名詞，在大陸越來越響亮，除了人數越來越多外，其可能引發的社會問題，讓大陸政府

不得不加以重視。

■台灣同義詞

台灣籍流浪漢

合同工

■大陸用語

合同工

■大陸造句

聘用「合同工」不納入在職職工統計表，該單位從來不把「合同工」當成正式員工對待。

■用語釋義

大陸長時間存在兩種勞動制度，分作固定工和合同工。固定工，有勞動保險，招來了不能退，要退很困難。有些工廠，原就有淡熱季節之分，這些工廠就應招用季節性的工人，有工作就來，沒有工作就回家，即所謂的「合同工」。當前，工業全年生產淡熱季不明顯，不過合同工仍然存在，用意在保障勞工權益，長期合同工與正式工（編制內員工）；短期合同工則是臨時工或勞務工。

■台灣同義詞

約聘僱員工

名氣界

■大陸用語

名气界

■大陸造句

芳齡廿一的選美冠軍突襲「名氣界」！其畢業於紡織及製衣學系，對時裝潮流自然也很熟悉，前日以性感打扮在港出席公開活動，其豐滿上圍謀殺記者不少菲林。

■用語釋義

名氣顧名思義是要具美名，又有好人氣，通常指的是服飾、珠寶、美酒、美食圈的名人組合或聚會，由這些珠光寶氣、姿態優雅的時人出席的活動，在台灣通常稱為名流社交圈，大陸則喚「名氣界」。平心而論，名流比名氣更要優雅一些，除了比名氣外還多一些雅氣，當然該些人士除了有錢有名之外，還有些才氣。

■台灣同義詞

名流社交圈

沙龍活動

■大陸用語

沙龙活动

■大陸造句

軟體部門將籌畫一場技術專家的「沙龍活動」。通過線下深入的交流，希望幫助專家們進一步提高專業技能。

■用語釋義

沙龍（Salon），客廳的譯音。十八世紀時，法國文人或學者多聚會於權貴或美婦人客廳，討論時事或文學，因此，沙龍便成為當時文化社會的中心地方，目前大陸仍以「沙龍活動」泛稱時事、文學研討會等活動。

■台灣同義詞

研討會

放冷風

■大陸用語

放冷风

■大陸造句

有些地方還對農技員「放冷風」、穿小鞋。凡此種種使農技員聰明才智得不到發揮和利用，給農村經濟發展、農民增收致富帶來了巨大的損失。

■用語釋義

比喻散佈流言蜚語。

■台灣同義詞

散佈謠言

盲流

■大陸用語

盲流

■大陸造句

　　根據 1995 年 8 月 10 日公安部發布的《公安部關於加強盲流人員管理工作的通知》的規定……假如現行的戶籍制度再不改革，至少從理論上說，我們每一個人都可能成為「盲流」。

■用語釋義

　　盲流，即「盲目流動」，特指中國大陸地區進城尋找工作機會的農民群體。多從事建築業、服務業，或成為其他生產行業的產業工人。「盲流」一詞出現於 1978 年實行改革開放以後，1980 年代在新聞媒體廣泛使用，1990 年代後期漸漸被「民工流」之稱謂替代。「盲流」一詞屬於對進城務工農民的歧視性稱呼。

　　1978 年以後隨著農業勞動生產率的提高，大量的剩餘農村勞動力進入城市尋找就業機會，農閒時節特別是春節過後，農村勞動力在較短時間內湧入城市，一方面

導致交通運輸的緊張，另一方面城市出現大量的尋找工作的人群，與此同時也出現一些社會治安問題，乃有「盲流」的稱呼。相對於計劃經濟時期和特定戶籍制度情況下，政府由單位決策的人口流動「調動」。

■台灣同義詞

無（近似詞為遊民）

高級灰

■大陸用語

高級灰

■大陸造句

在 21 世紀的地平線，大陸已浮現出一個新的社會階層「高級灰」，他們穿灰色行政套裝，拎筆記本電腦，飄淡淡的香水味，臉上略帶自信而又矜持的微笑。

■用語釋義

職場上，穿著講究素雅、俐落。上班族裝扮偏好灰色西裝或套裝，形成一特殊族群。而他們的生活方式及工作精神與其他藍領階級或銷售人員不同，高級灰的熱衷者們是生活在城市中的、有專業知識的、理性的、略帶矜持的中產階層。

■台灣同義詞

專業人士

師傅

■大陸用語

师傅

■大陸造句

為我們駕車的「師傅」老楊，是退役武警，曾在北京的部隊中工作，說得一口流利的京片子。

■用語釋義

中國古代對老師通稱「師傅」，亦有其它行業技藝傳承時，學者對傳授知識、技能者的尊稱。而後對有專門技藝或傳授技藝的人都稱師傅如木匠、建築等都可稱師傅。在大陸師傅的運用更為廣泛，現在多用於對人的尊稱，而不管其年齡、性別、職業。即便駕駛也稱師傅，出門至大陸旅遊對於遊覽車、計程車司機通稱「師傅」準沒錯，禮多人不怪，兩岸開放交流後，大陸師傅的用法變少了，加個「先生」也就可以，諸如司機先生。畢竟先生的語意也有老師、師傅的意涵。

■台灣同義詞

司機

雪藏

■大陸用語

雪藏

■大陸造句

網紅與經紀公司的糾紛最近升級，而據稱是因為網紅接拍男性雜誌封面，而遭到經紀公司的「雪藏」，理由是這輯照片太過性感，使百萬廣告訂單告吹。

■用語釋義

職場工作者被藏在雪堆中意味的是什麼，不言可諭，不就是不被重用，台灣的用法是「冰凍」。

■台灣同義詞

冰凍（指人事上不被重用）

跑街先生

■大陸用語

跑街先生

■大陸造句

這位是我要講的「跑街先生」，他們的工作就是不斷地拜見客戶，有時甚至還要根據行業的不同到居民區裡做上門的推銷。從「跑街先生」依然掛在嘴角的笑容可以想見，積極樂觀的態度與百折不撓的精神才是「跑街先生」最寶貴的品質，估計這位「跑街先生」這一次依然一無所獲，但仍要一家一家地敲門走下去。

■用語釋義

1992 年，美國友邦保險公司進入大陸保險市場，引進保險代理人制度。這種在國際保險市場上已相當成熟的體制，迅速成為大陸各大保險公司的主要展業方式。接受培訓並通過「保險代理人資格考試」的「跑街先生」、「跑街女士」活躍在大陸城市的街頭巷尾，宣傳保險知識、介紹保險產品，「跑街先生」成為人們對壽險代理人的稱呼。

■台灣同義詞

保險經紀人

項目經理

項目经理

■大陸造句

開會作為一種正式溝通的渠道,「項目經理」通過會議解決問題,安排工作,制定計劃和決策,是推動項目最終達成目標的重要手段。

■用語釋義

大陸常用的「項目經理」,即針對不同項目指派或用幹部。在台灣針對項目稱為「專案經理」。這是兩岸詞語不同之處。

■台灣同義詞

專案經理

關係戶

■大陸用語

关系户

■大陸造句

不讓出價高的房地產開發商拿到地，而是給他的「關係戶」。明明可以賣上 10 個億的土地，他就承諾 8 個億，把別人出高價的千方百計地排在外面。

1981 年 7 月 20 日，中共中央紀律檢查委員會發出通告，要求各級紀委嚴格執行黨的紀律，杜絕「關係戶」不正之風。通告指出，為了私利相互拉關係、建立「關係戶」的歪風邪氣，在大多數情況下實質上是一種變相的行賄受賄行為，對於黨組織、國家機關和整個社會造成極大的危害。要堅決向「關係戶」這種不正之風作鬥爭。

■用語釋義

中國人是一個講究關係的民族，大陸順口溜說：「有關係就沒關係，沒關係就有關係」。意思是說，朝中有人好做官，有了權勢關係碰到事情也不會出差池，要什

麼有什麼。反之，就嚴重了。諸如參加考試，只要有關係的人也去參加該次考試，和其他沒關係的人一起面試（面試其實是最後決定勝負的關鍵），考官隨便找些理由就能把其他沒關係的人打發走。搞關係有害社會公平正義原則，甚且因而成群結黨，以權害私，當然要禁絕。

■台灣同義詞

有權勢關係的人或圈內人

獵頭

■大陸用語

猎头

■大陸造句

招聘單位經常與「獵頭」公司進行合作，他們付給「獵頭」相當於空缺職位第一年工資 30% 的費用，由「獵頭」負責聯繫應聘者。這意味著很多最好的工作只有通過「獵頭」才能找到。

■用語釋義

「獵頭」英文單字為 Headhunting，指一種人才招聘方式，香港稱為「獵頭」，台灣則譯為人力銀行徵才。引進大陸後也稱之為獵頭，指網羅高級人才。專門從事中高級人才仲介公司，又往往被稱之為獵頭公司，台灣則稱人力銀行。

■台灣同義詞

徵才

鑽門子

■大陸用語

　　钻门子

■大陸造句

　　社會治安形勢不好，老百姓缺乏安全感，原因之一就是基層民警少，警力不夠，打擊犯罪分子不力；另一方面是基層民警待遇低，在基層的民警積極性不高，都想法設法、「鑽門子」往上級機關去。

■用語釋義

　　形容一個人在職場或官場為求個一官半職或扶搖直上，不能務實本分的扮好份內工作，汲汲營營的往上司或上級單位跑，自然不了逢迎巴結，這種跑官、要官的歪風即是「鑽門子」。這種說法與台灣的鑽營或走後門有異曲同工之妙，只是後走，尚且不敢明目張膽吧了。

■台灣同義詞

　　鑽營或走後門

▌後記▐

　　經過一系列條理化的教學和札實的訓練，翻回本書的《前言》，如今你能讀懂〈"同一天生日"涉嫌違反慈善法捐款者可申請退款〉一文的每一字、每一句嗎？

　　相信對現在的你而言，比起過去，簡體字文章讀來變得輕鬆極了。

　　2011 年起，台灣開放陸客自由行，兩岸往來日益密切的今日，許多餐廳、旅館、美術館及博物館都推出簡體字菜單或說明書，以招攬大陸顧客。大陸出版的簡體字書籍，近年來在網路及實體書店均能輕易買到。

　　以往，政府不允許各級學校在教學中使用大陸的簡體字，出版物亦以繁體字為主，但民間各個領域可自由使用簡體字和繁體字。正式考試中，使用簡體字會被扣分，但使用約定俗成的俗體字不扣分，如「臺」寫作「台」、「體」寫作「体」。多數台灣教師認同此作法，並以此作為閱卷批改的標準。不少人會於非正式場合書寫時，於穿插使用常見的簡體字，以更有效率的抄寫速記，如「與」寫作「与」、「醫」寫作「医」。

　　現今兩岸往來頻繁，基於通商和生活使用的需求，民

間也會使用大陸的簡體字及其用語習慣。事實上，不少人都認為簡體字、繁體字系出同源，只要有心學習，絕不難認。若非政治的因素，兩者不是無法並存共處。

目前大陸有許多的學術書籍及古籍是以繁體字排印，書法字帖也從清一色繁體有了偌多簡體字帖。某些規範的簡化漢字是草書的楷書體化，如：「马」、「书」、「语」等，有些字是民間慣用的簡筆字，如：「过」、「国」、「体」等。有些則為異體字，如：「杰」和「傑」、「猫」和「貓」等。

大陸的學校不教授繁體字，一般人接觸繁體字的契機，多為台灣的戲劇、刊物、廣告、歌曲 MV 等，因此大陸民眾對繁體字並不陌生。儘管有相關政策的限制，但繁體字仍能在坊間的廣告或招牌上看見。兩岸同文同種，實際上，要能夠方便兩岸民眾的閱讀和使用，促進兩岸同胞的交流往來，該是順其自然，各取所需，不去排斥或罷黜另一方，而是尊重並接納彼此文化，這才是促使兩岸進步，達到雙贏的重要一步。

也並非要一味合乎陸客的要求而全然使用簡體字，這樣反而使陸客失去認識繁體字的機會，而是該於適當的場合和恰當比例下使用，因為文字的選用是隨著使用

者需求而定的。在此，希冀各位讀者都已具備優秀的簡體字識讀及文書能力，於未來任何場合上都能順水順風，溝通往來均能駕輕就熟，並體悟繁簡沒有不能並存的道理，共勉之。

國家圖書館出版品預行編目資料

一天搞懂簡體字／康照祥著.
－－第一版－－臺北市：宇炯文化 出版；
紅螞蟻圖書發行，2018.03
面 ； 公分－－(Discover；45)
ISBN 978-986-456-302-9（平裝）

1.簡體字

802.299　　　　　　　　　　　107001853

Discover 45

一天搞懂簡體字

作　　者／康照祥
發 行 人／賴秀珍
總 編 輯／何南輝
責任編輯／蔡竹欣
封面設計／卓佩璇
美術構成／沙海潛行
出　　版／宇炯文化出版有限公司
發　　行／紅螞蟻圖書有限公司
地　　址／台北市內湖區舊宗路二段121巷19號(紅螞蟻資訊大樓)
網　　站／www.e-redant.com
郵撥帳號／1604621-1　紅螞蟻圖書有限公司
電　　話／(02)2795-3656（代表號）
傳　　真／(02)2795-4100
登 記 證／局版北市業字第1446號
法律顧問／許晏賓律師
印 刷 廠／卡樂彩色製版印刷有限公司
出版日期／2018年 3 月　第一版第一刷

定價 280 元　港幣 93 元

ISBN 978-986-456-302-9　　　　Printed in Taiwan